AF415551

PRISONNIERS DE LEUR PASSÉ

Tous droits réservés ISBN : 979-10-92634-42-6

E-mail : ncl.editions@gmail.com
Site internet : ncl-editions.com

Existe également en livre format numérique

Nathalie CHARLIER

PRISONNIERS DE LEUR PASSÉ

Roman

1

— Amélia et moi avons décidé de divorcer, annonça Emilio Biasini d'une voix assez forte pour être entendu de tout le monde.

Les conversations s'interrompirent brusquement, laissant place à un silence tel qu'on aurait pu entendre une mouche voler. Tous se tournèrent vers lui. À ses côtés, la femme qui était encore son épouse éclata en sanglots. Son regard glissa sur ceux et celles qui étaient attablés dans la luxueuse salle à manger de la maison familiale milanaise, comme chaque vendredi soir. Ses parents, Maurizio et Yolanda, avaient instauré ce rituel depuis environ de cinq ans. Ainsi chaque semaine, le dernier repas avant le week-end réunissait toute la fratrie. Il y avait là, sa jeune sœur Angela accompagnée de son mari anglais John, et ses frères, tous deux avec leurs compagnes respectives.

Barbara, brillante avocate, était la petite amie de Gabriele, l'aîné, depuis près de six mois. Emilio n'aimait pas cette blonde aussi belle qu'intelligente, mais également ambitieuse et calculatrice. Quant à la rousse qui était avec Gianni, le cadet, il n'avait même pas retenu son prénom. Elle n'était qu'un numéro de plus sur une liste déjà très longue.

— Pourquoi ? demanda sa mère en se tamponnant les paupières, avec le sens du mélodrame qui la caractérisait.

— Parce que mon mari est amoureux d'une autre ! s'écria Amélia en pleurant de plus belle. Il me quitte pour une étudiante !

Emilio leva les yeux au ciel. Bon sang ! Il ne manquait plus que ça ! Lui qui avait espéré que les choses se passeraient avec une certaine discrétion, c'était raté. Il se tourna vers son aîné, quêtant son soutien. Mais face au regard désapprobateur de celui-ci, il sentit la colère le gagner et l'interpela sans ménagement.

— Ne me dévisage pas comme cela ! S'il y en a un qui n'est pas en droit de me juger, c'est bien toi !

— Pardon ? murmura Gabriele d'une voix glaciale.

— Et vous autres, cessez de m'observer ainsi. Vous n'avez pas fait tant d'histoires quand il s'agissait de lui !

— Où voulez-vous en venir ? questionna Barbara, intriguée par sa remarque.

— Il y a beaucoup de choses que vous ignorez à propos de mon cher frère. Vous espérez sans doute une demande en mariage, un jour ou l'autre. Vous vous imaginez déjà faisant partie de notre illustre famille. Eh bien, détrompez-vous. Cela n'arrivera jamais ! Vous croyez avoir décroché le gros lot, mais c'est une grossière erreur, ma pauvre amie.

— Et pourquoi ? Je vous trouve bien arrogant de penser que vous pouvez présumer ainsi des actes de Gabriele. Vous ne savez rien de nous et du couple que nous formons.

— Ce n'est pas de l'arrogance, c'est de l'honnêteté. Gabriele en semble totalement dépourvu. Car s'il en avait fait preuve un tant soit peu, voilà belle lurette qu'il vous aurait révélé la vérité. Jamais, il ne vous épousera. Pour la bonne et simple raison…

— Arrête ça tout de suite, l'interrompit l'autre sur un ton menaçant.

Mais, Emilio était lancé et tellement contrarié, que personne n'aurait pu le faire taire.

— Parce qu'il est déjà marié !

— Comment ? fit la blonde en rougissant sous son épaisse couche de maquillage.

Puis, se tournant vers son amant, elle demanda d'une voix tremblante.

— Gabriele, est-ce que c'est vrai ?

— Oui, grogna ce dernier en jetant un regard lourd de reproches à son frère.

— Et le moins que l'on puisse dire, c'est que tu t'es conduit comme un beau salaud avec cette pauvre fille !

— C'est faux ! intervint leur mère. Tu n'as pas le droit de parler ainsi !

— Ah bon, c'est faux ? répliqua Emilio de plus belle. Il l'a mise enceinte et ensuite il l'a épousée. Oh, ce n'était pas par amour ou par quelconque sens du devoir. La vérité, c'est qu'il n'avait pas d'autre choix, car sinon c'en était fini de sa brillante carrière. Néanmoins, cela ne l'a nullement empêché de papillonner à droite et à gauche pendant le peu de temps qu'a duré leur mariage. Un soir, après une fête un peu trop arrosée, ils ont eu un accident de voiture. Sa femme a accouché prématurément d'un petit garçon qui est mort quelques heures plus tard. Et à peine cet enfant enterré, elle a été renvoyée chez elle manu militari ! Alors, où est le menteur qui va oser me dire que tout cela est faux ? Personne, c'est bien ce que je pensais ! Parce que tu es mon frère, je t'ai soutenu sans jamais te juger, ajouta-t-il en se tournant vers son aîné. Et ce soir, j'attendais de toi que tu te conduises envers moi de la même manière. Mais visiblement, c'est trop te demander.

Il régnait maintenant une tension palpable dans la pièce et personne n'osait intervenir. Soudain, leur père murmura les yeux perdus dans le vague, et plus probablement dans le passé.

— Tu parles d'une épouse ! Une gamine surgie de nulle part, qui n'est jamais revenue. Pas même pour se recueillir sur la tombe de son fils. D'ailleurs, elle s'est dépêchée de prendre l'argent que je lui ai donné quand elle m'a annoncé qu'elle quittait l'Italie. Si elle avait été une compagne digne de ce nom, elle serait restée avec lui, quelles que fussent les circonstances. Comme ta mère qui n'a jamais cessé de me soutenir !

— Papa ! Tu n'as pas le droit de les comparer ! rétorqua vertement Emilio. Maman est une sainte, pour te supporter depuis toutes ces années. Quant à Fanny, elle n'avait que dix-sept ans ! C'était une gosse, comme tu l'as si justement dit. Et tu te trompes lourdement si tu penses qu'elle n'est jamais revenue, car elle se rend souvent à Paradiso. Comment crois-tu que la tombe de leur fils soit aussi bien entretenue ? D'ailleurs, comment pourriez-vous le savoir ? Vous n'y allez jamais ! C'est comme si elle et son bébé n'avaient jamais existé. En tout cas, concernant la sépulture de Léo, ce n'est pas grâce à nous qu'elle est toujours fraîchement fleurie et impeccablement nettoyée. Et nous devrions tous en avoir honte ! C'est elle qui y veille depuis des années.

— Comment sais-tu cela ? demanda Gabriele, sidéré que son frère puisse détenir autant d'informations au sujet de sa femme, alors que lui ne connaissait plus rien d'elle depuis des années.

— Enfin quelque chose que je t'apprends ! Cela fait treize ans que ton épouse vient une fois par mois. N'est-ce pas Angie ? ironisa-t-il en se tournant vers sa sœur.

Tous les regards convergèrent vers la jeune femme qui gardait obstinément le visage baissé. Quant à Gabriele, il s'était brusquement levé, repoussant au passage la main que Barbara avait posée sur son bras. Il s'approcha de sa sœur et se pencha sur elle, une lueur féroce dans les yeux.

— Que sais-tu à propos de Fanny ? demanda-t-il, furieux. Je te conseille de parler tout de suite ou je jure devant Dieu que je ferai de ta vie un enfer, siffla-t-il, plus agressif que jamais.

La menace n'était pas proférée en l'air et Angie n'ignorait pas qu'il valait mieux être dans son camp, car il n'était pas homme à avoir des états d'âme. Malgré tout, elle hésita longuement avant de révéler la vérité, à contrecœur.

— Elle vient à Paradiso une fois par mois, comme l'a dit Emilio et nous dînons ensemble, ici, à Milan. En fait, nous n'avons jamais vraiment perdu contact. Je te rappelle quand même qu'elle était mon amie avant de devenir ta femme ! Et puis, c'était il y a tellement longtemps, ajouta-t-elle en osant enfin soutenir le regard de son frère.

Gabriele se redressa, puis sans prononcer un mot quitta la pièce, non sans avoir incendié Emilio d'un coup d'œil furieux au passage. Ce dernier jubilait. En effet, en déterrant cette vieille histoire que tout le monde avait oubliée depuis des années, il avait détourné l'attention. Et nul n'avait songé à l'interroger plus avant sur l'étudiante qu'Amélia avait mentionnée.

***

Gabriele regagna sa Porsche d'un pas rapide. Il ne fallait pas que Barbara le rattrape. Il n'était pas d'humeur à se justifier et encore moins à lui raconter sa vie. Toute cette histoire était morte et enterrée pour lui. D'ailleurs, il ne comprenait pas que son frère ait osé lui faire un coup pareil ! Néanmoins, ce n'était pas tout et il le savait pertinemment.

Ce brusque rappel de son passé raviva en lui des sentiments de honte et de culpabilité qui le submergèrent brutalement. Oui, il s'était mal comporté envers Fanny, mais il était tellement jeune à l'époque. S'il avait pu deviner à quel point cela les détruirait, jamais il n'aurait agi ainsi. Quoique. Avec le recul, il reconnaissait bien volontiers qu'il avait été un monstre d'égoïsme et d'arrogance, totalement hermétique aux ravages qu'il avait provoqués autour de lui !

Il démarra rapidement et quitta la maison de ses parents. Il avait besoin de rouler au hasard, histoire de se calmer. Sans même en avoir réellement conscience, il se dirigea vers le nord tandis que les souvenirs remontaient à la surface avec une clarté aveuglante, à un point tel, qu'il en eut le souffle coupé.

2

La première fois qu'il avait rencontré Fanny, elle était venue en vacances chez ses parents. Elle et Angie s'écrivaient depuis deux ans et étaient devenues les meilleures amies du monde, à une époque où internet n'en était qu'à ses prémices et où les joies de la correspondance se faisaient encore sur papier. C'était grâce à un organisme spécialisé dans les échanges entre adolescents qu'elles avaient toutes deux été mises en contact.

Il se souvenait parfaitement de cette petite boulotte aux cheveux courts, couverte d'acné, avec un appareil orthodontique et dont seul le prénom était féminin. Il était alors âgé de vingt-deux ans, et allait entrer en dernière année de droit à l'université d'Oxford. Comme chaque année, pour les vacances, il avait retrouvé sa famille à Milan d'abord, puis à Lugano où ils résidaient habituellement l'été, dans leur villa située sur les hauteurs de la ville.

Doté d'un physique que l'on remarquait en raison de sa grande taille, de sa carrure musclée d'adepte de la natation, de la finesse de ses traits et du contraste entre ses cheveux bruns bouclés et ses yeux couleur d'ambre, il savait qu'il plaisait beaucoup aux femmes, et ce depuis toujours.

Fanny n'avait pas fait exception et était tombée instantanément sous son charme. Hypnotisée, elle passait tout son temps à le couver d'un regard amoureux. Cela l'avait beaucoup amusé, même si les gamines ne l'intéressaient pas le moins du monde.

D'ailleurs, il avait, à l'époque, une petite amie Hollandaise absolument ravissante qui l'avait rejoint à Lugano. Il avait alors constaté que la jeune Française se décomposait chaque fois qu'elle les voyait ensemble. Mais cela ne l'avait en rien ému, tant il était bouffi de fierté. Pire encore, il n'avait pas hésité à s'afficher délibérément devant elle, cherchant volontairement à la choquer. Le fait qu'elle soit témoin de ses étreintes torrides avec la belle blonde, l'avait diverti au plus haut point.

À la fin de l'été, Fanny avait regagné Dijon et Gabriele était reparti à Oxford, laissant derrière lui deux cœurs brisés. Celui de l'adolescente et celui de la Hollandaise qu'il avait plaquée sans ménagement. Ce qui, entre parenthèses, ne l'avait absolument pas empêché de dormir, bien au contraire. Il s'était aussitôt remis en chasse, enchaînant les conquêtes à un rythme effréné. L'année suivante, il avait obtenu son diplôme de droit, réussi le concours du barreau et avait intégré le prestigieux cabinet d'avocats que dirigeait son père.

Passionné par son nouveau métier, il avait trimé comme un fou afin de prouver à tous — et surtout à Maurizio — sa valeur. C'était à cette époque qu'il avait commencé à sortir avec Sofia, une sculpturale rousse qui était la secrétaire de l'un des associés.

Cette femme était d'une beauté éblouissante et l'avait ensorcelé dès leur première rencontre. Mais il n'aurait jamais dû mélanger travail et plaisir. Car très vite, elle s'était imaginé pouvoir lui mettre le grappin dessus et par là, s'extraire de sa condition modeste pour devenir l'épouse de l'avocat le plus prometteur de Milan. Lorsqu'il en avait clairement eu conscience, il avait pris peur, et n'avait pas su comment se sortir de ce bourbier. Pour lui, elle n'était qu'une maîtresse parmi d'autres, dont l'attrait commençait déjà à s'émousser, dès lors qu'il avait réussi à la persuader de partager son lit.

Les vacances d'été étaient arrivées à point nommé, et il en avait profité pour partir à Lugano afin de prendre du recul et surtout de faire comprendre à Sofia, non invitée, qu'elle ne représentait rien d'autre pour lui qu'une aventure de plus sur un tableau de chasse, par ailleurs fort impressionnant. Après tout, il n'avait que vingt-quatre ans et aucune envie de se caser. Il aimait trop la vie et les femmes pour cela. Ce fut également à cette période qu'il revit Fanny. Elle avait tellement changé qu'il ne la reconnut pas lorsqu'il l'aperçut.

Ce jour-là, il était assis seul sur la terrasse, occupé à méditer sur la meilleure façon de rompre avec sa secrétaire. Il ne fallait surtout pas qu'il y ait une quelconque répercussion sur la réputation qu'il était en train de se construire. Dans sa profession, les histoires de fesses n'étaient jamais bien vues, car cela ne faisait pas très sérieux.

En relevant la tête, il remarqua une jolie jeune femme qui s'approchait de lui. Aussitôt, il se redressa et la héla.

— Ciao. Puis-je vous être utile ? Vous cherchez quelqu'un ? demanda-t-il avec un sourire charmeur.

— Hello Gabriele. Ne me dis pas que tu ne me reconnais pas ! C'est moi, Fanny ! lança-t-elle avec une grimace moqueuse.

— Fanny ! murmura-t-il, stupéfait par sa transformation.

En effet, celle qui se tenait devant lui n'avait plus rien en commun avec la gamine rondouillette aux faux airs de garçon manqué. Elle avait visiblement perdu beaucoup de poids et sa silhouette était maintenant svelte, tout en étant dotée de rondeurs exactement là où il fallait. Elle était vêtue d'un court short en jean, d'espadrilles et d'un débardeur en coton blanc. Apparemment, elle ne portait pas de soutien-gorge en dessous, ce qui laissait deviner une poitrine pleine et ferme. En voyant les tétons dressés, il sentit immédiatement son corps réagir.

Elle arborait à présent les cheveux longs jusqu'aux épaules et leur couleur châtain avait des reflets miel qui captaient la lumière. Son visage, déjà bronzé, était parsemé de taches de rousseur et ses yeux bleus étaient malicieux. Elle n'avait plus ni boutons ni appareil orthodontique et lorsqu'elle souriait, il pouvait admirer une rangée de dents très blanches, parfaitement alignées. Diantre ! Elle était tout simplement superbe ! Chose également inédite, elle ne le dévisageait plus avec cette expression béate, mais au contraire, semblait s'amuser de sa stupéfaction.

— Eh bien ! Quelle surprise ! Tu es transformée. Tu ne peux pas m'en vouloir de ne pas t'avoir reconnue, surtout après tout ce temps.

— Effectivement. Le moins que l'on puisse dire, c'est que j'ai changé, répondit-elle en éclatant de rire la tête renversée en arrière.

Gabriele était hypnotisé, et ne se reprit que quand elle s'approcha de lui pour lui faire la bise sur les deux joues. Il se leva et spontanément, la saisit par la taille et l'enlaça, la serrant contre lui. Elle sentait divinement bon. Au bout d'un court moment, elle s'écarta et se tint à une distance raisonnable. Cela ne fit qu'attiser son désir. L'été ne se passerait peut-être pas si mal que ça, songea-t-il avec une satisfaction toute masculine.

L'invitant à s'asseoir près de lui, il lui offrit une boisson fraîche qu'elle accepta volontiers. Ils discutèrent pendant quelques instants de ce qui leur était arrivé durant les deux dernières années et de ce qui avait changé dans leurs vies. Il lui raconta comment il avait intégré le cabinet de son père, elle lui parla des cours de danse auxquels elle s'était inscrite et qu'elle suivait assidûment.

Ils furent très vite rejoints par le reste de la famille. Trop rapidement, au goût de Gabriele qui aurait aimé être encore un peu seul avec Fanny. Quel âge pouvait-elle avoir ? Probablement le même qu'Angie, à savoir dix-huit ans. Rien ne s'opposait donc à ce qu'il tente sa chance avec elle. D'ailleurs, si elle était comme sa sœur, sans doute avait-elle déjà eu quelques petits amis, et selon toute vraisemblance, couché avec l'un d'entre eux. Après tout, on n'était plus au début du siècle, les mœurs avaient évolué, et les filles étaient bien plus précoces et libérées.

Il décela, néanmoins, un léger problème. Apparemment, il n'avait pas été le seul à avoir remarqué les changements opérés en elle. Ses deux frères, Gianni, plus jeune de deux ans et Emilio âgé de vingt ans semblaient également fort intéressés. Et plus que cela, si l'on en croyait l'expression gourmande de son cadet, incapable de détacher son regard des longues cuisses fuselées et bronzées de la jeune femme. Cela promettait d'être encore plus excitant. Une compétition entre frangins comme au bon vieux temps. Excellent !

Peu avant le dîner, il apprit que la petite bande avait projeté de se rendre à un bal populaire dans un village voisin de Lugano. Il alla directement en parler à sa mère, arguant qu'il vaudrait mieux qu'un adulte les accompagne. Bien que Yolanda pensât que Gianni ait pu être considéré comme le responsable du groupe, elle fut rassurée quand il proposa de les y emmener. Et au cours du repas, elle annonça que Gabriele se joindrait à eux pour veiller à ce qu'il n'y ait aucun problème. Aussitôt ses frères lui jetèrent un regard suspicieux. Mais comme la décision venait de leur mère, ils ne purent faire autrement que de s'incliner.

Vers vingt-deux heures, ils montèrent tous dans la luxueuse berline prêtée par Maurizio pour l'occasion, et prirent la route du sud vers le village de Paradiso, où avait lieu le bal. À leur arrivée, les filles se précipitèrent sur la piste de danse. Pendant que les garçons cherchaient des boissons, il observa Fanny.

Pour sortir, elle avait revêtu une jupe blanche fluide qui s'arrêtait à mi-cuisses et qui virevoltait autour d'elle quand elle ondulait en rythme. Des ballerines et un tee-shirt bleu-marine complétaient la tenue. Ses cheveux étaient retenus dans sa nuque par une pince argentée et elle s'était légèrement maquillée. Elle était vraiment très jolie, songea-t-il, fasciné par la grâce avec laquelle elle bougeait. La séduire allait bien au-delà du jeu ou de la rivalité avec ses frères. C'était un besoin primaire, un défi qu'il voulait relever à tout prix.

Mais, avant tout, il lui fallait vérifier si Fanny était encore sensible à son charme. Aussi, quand Emilio et Gianni revinrent à la table, s'éloigna-t-il vers le DJ, à qui il glissa un billet afin de savoir après quelle chanson celui-ci enchaînerait par une série de slows. Ce dernier l'en informa sans difficulté, si bien que lorsqu'il reconnut l'air en question, Gabriele se dirigea vers la piste, tout près des deux jeunes filles.

Un peu plus tard, les premières notes d'une ballade se firent entendre, et le temps que ses frères réagissent, il avait enlacé Fanny avec qui il dansait sur un vieux tube du groupe Scorpions. Il s'était habillé simplement, jean et chemise noire, et savait que cette tenue lui seyait parfaitement. Dès qu'il la prit dans ses bras, Gabriele sut qu'il n'avait rien perdu de l'ascendant qu'il avait eu sur elle deux ans auparavant.

Elle tremblait légèrement et il la colla plus étroitement à lui. Elle croisa ses poignets autour de son cou si bien que Gabriele resserra encore son emprise. Sa bouche se posa sur sa joue avant de dévier vers celle de la jeune femme. Elle n'émit aucune protestation et répondit immédiatement à son étreinte. Il prit tout son temps pour explorer ses lèvres des siennes, les taquinant, les mordillant. Quand il décida d'approfondir leur baiser, elle s'ouvrit à lui, afin de lui permettre de mêler sa langue à la sienne. Ce qu'il s'empressa de faire avec volupté. Elle avait un goût délicieux, et il se sentit aussitôt terriblement excité. Dès qu'il mit fin à leur échange, elle poussa un gémissement de protestation avant de l'observer fixement. Son regard ne cachait rien du désir qu'elle ressentait pour lui. Cette confiance et cette candeur le bouleversèrent. Il la serra toujours plus contre son corps, qu'il avait l'impression d'être sous pression tel un volcan sur le point d'entrer en éruption. Puis, incapable de résister à sa prière silencieuse, il reprit ses lèvres pour un baiser d'une sensualité torride.

Au bout de trois slows, ils quittèrent la piste, leurs doigts entrelacés, et rejoignirent la table sous le regard ahuri de ses frères et de sa sœur. Il avait gagné comme d'habitude ! Ça avait été presque trop facile. Mais il ne bouda pas son plaisir pour autant, et passa le reste de la soirée à rire avec Fanny et à l'embrasser.

À leur retour, il la raccompagna à sa porte et la laissa sagement entrer dans sa chambre après un chaste baiser sur son front. S'il avait voulu coucher avec elle, elle n'aurait pas résisté, il le savait. Pourtant, il renonça à cette idée, à regret, mais néanmoins déterminé. Cette nuit-là, il eut du mal à s'endormir, se tournant et se retournant durant des heures dans son lit. Il avait décidé de rompre avec sa secrétaire avant d'entamer une liaison avec la jeune Française. Son désir pour elle était tellement fort, qu'à plusieurs reprises, il fut tenté de la rejoindre. Mais il tint bon, car s'il n'était pas d'un caractère stable, il se refusait malgré tout à courir deux lièvres à la fois. Comme il se définissait lui-même, il était un salaud, mais un salaud correct.

À l'aube, comprenant que le sommeil n'était définitivement pas au rendez-vous, il prit sa voiture et quitta Lugano pour Milan afin de régler le problème au plus vite. Malheureusement, il lui fallut patienter jusqu'en fin d'après-midi pour pouvoir rencontrer Sofia, cette dernière travaillant durant la journée. Comme il n'était pas question que leur explication ait lieu au bureau, sa réputation étant en jeu, il n'eut pas d'autre choix que d'attendre, avant de passer la chercher à la sortie du cabinet de son père.

Leur rupture fut aussi pénible que houleuse, surtout après qu'il lui eut annoncé qu'il la quittait parce qu'il y avait une nouvelle femme dans sa vie. Sofia tenta tout et n'importe quoi pour le retenir, le charme, les larmes, les supplications. En désespoir de cause, et ayant compris qu'il demeurerait inflexible, elle bascula dans la colère et lui lança des horreurs à la tête. Gabriele avait beau être solide et relativement blindé, il en fut malgré tout ébranlé. Cela ne faisait plaisir à personne d'apprendre que l'on n'avait été qu'un pion sur l'échiquier bien rodé d'une croqueuse de diamants.

Elle menaça de révéler leur liaison à son père et au tout Milan. Il jura de la faire licencier sans le moindre préavis si elle s'y avisait. Les choses dégénérèrent et, profitant du fait qu'il soit sur le balcon pour répondre à une communication professionnelle importante, elle se cogna violemment, et surtout volontairement, le bras contre le montant de la porte, puis appela la police.

Lorsque les carabiniers arrivèrent, il fut conduit au commissariat sans autre forme de procès, menotté, avec à son encontre une accusation pour coups et blessures. Il n'en ressortit que vers vingt-trois heures après que Sofia eut retiré sa plainte contre un gros chèque et avec la promesse écrite qu'elle ne ferait l'objet d'aucun renvoi, si elle restait muette sur leur aventure. Dans cette histoire, elle était la grande gagnante, parce qu'elle lui avait extorqué une très forte somme d'argent. De plus, la situation l'avait également obligé à contacter un confrère en catastrophe, pour négocier un accord en son nom puisqu'il était en cellule. Cela avait constitué une démarche particulièrement humiliante pour l'homme fier qu'il était.

Finalement, les choses se terminèrent relativement bien, dans la mesure où ils avaient réussi à lui faire signer un contrat de confidentialité. Mais pour combien temps ? Sans compter que s'il pouvait compter sur la discrétion de l'avocat qu'il avait choisi, le regard condescendant dont ce dernier l'avait gratifié, l'avait hérissé. Clairement, il était précurseur de ceux que lui lanceraient tous ses collègues s'ils venaient à apprendre ce qui s'était passé.

Pour autant, le mal était fait et il ne faisait aucun doute que cette histoire lui porterait préjudice un jour ou l'autre. Les gens, surtout dans son milieu, se fichaient de la vérité. Seuls la rumeur et les ragots les intéressaient.

Il arriva à Lugano peu avant minuit, dans un état de fureur indescriptible. Il pressentait que cette année durant laquelle il n'avait cessé de travailler d'arrache-pied, risquait de ne pas peser bien lourd face au scandale qui ne manquerait pas d'éclater si cette plainte venait à être étalée sur la place publique. Et connaissant Sofia, cela ne saurait tarder. L'idée qu'elle puisse le tenir de cette manière lui faisait horreur. Bon sang de bonsoir, quelle imprudence il avait commise en couchant avec elle ! Il aurait mieux valu qu'il réfléchisse avec son cerveau plutôt qu'avec son sexe, avant de se lancer dans une liaison sulfureuse avec sa secrétaire. Sa réputation en serait à jamais ternie, et il perdrait tout ce pourquoi il s'était battu.

En contournant le jardin pour s'installer près de la piscine, histoire de se calmer un peu, il aperçut Fanny debout au bord du bassin. Elle était magnifique dans son maillot de bain noir. Lorsqu'elle leva les yeux et que leurs regards se croisèrent, il sentit tout son corps se tendre de désir. Mais il était, par ailleurs, dans un tel état de rage, qu'il ne vit en elle qu'un exutoire à sa colère. Aussi, ce fut sans aucune tendresse qu'il s'adressa à la jeune femme.

— Retire ton maillot, ordonna-t-il d'une voix rauque en commençant à déboutonner sa propre chemise.

Elle hésita longuement, puis s'exécuta. Découvrant son corps, il fut ébloui par la perfection de celui-ci. Son ventre plat, ses seins hauts et pleins, la courbe de ses hanches, ses fesses fermes et rondes le mirent immédiatement en feu. Malgré cela, il ne parvenait pas à oublier Sofia et son odieuse machination. Il était trop profondément humilié par ce qui venait de se passer.

Il se déshabilla rapidement et se posta sur le côté opposé de la piscine. À nouveau, il exigea.

— Assieds-toi sur la marche.

Puis Gabriele plongea, et traversa toute la longueur du bassin sous l'eau. La minute suivante, il avait rejoint l'autre extrémité avant de se redresser et de se diriger vers elle. Il s'installa au bord, juste à côté d'elle, et prit sa bouche sauvagement, agrippant ses cheveux relevés en chignon.

Lorsqu'elle s'écarta de lui pour lui sourire, il ne le lui rendit pas et quand elle lui murmura qu'il lui avait manqué et qu'elle l'avait attendu toute la journée, il ne répondit pas. Sofia avait – sans qu'il le réalise à ce moment précis — développé en lui, une sorte de paranoïa envers les femmes, et il n'était pas question qu'il se fasse avoir une fois de plus par des œillades et des mots doux.

— Embrasse-moi, exigea-t-il.

Aussitôt elle approcha son visage du sien et effleura ses lèvres.

— Pas ici, plus bas, commanda-t-il d'un ton presque dur.

Elle se redressa et le regarda, horriblement gênée. Elle avait les larmes aux yeux, mais il n'en avait cure. Au bout de quelques instants, elle finit par faire ce qu'il attendait d'elle et prit son sexe dans sa bouche. Sa maladresse dénota un manque d'expérience évident dans ce genre de pratique, mais elle lui donnait un plaisir qu'il n'avait jamais éprouvé. Il avait l'impression d'être devenu du liquide en fusion. Pourtant, très vite, il la repoussa et l'enlaça sans un mot, sans une caresse. Elle enfouit sa tête dans le creux de son épaule, si bien qu'il ne pouvait pas voir son visage.

Il s'allongea sur elle, puis il écarta ses cuisses et, sans plus attendre, la pénétra vigoureusement. Elle émit un petit cri, mais il n'y prêta guère attention, uniquement préoccupé de son seul plaisir. Et du plaisir, il y en avait. Les sensations paraissaient décuplées. Rapidement, il bascula dans une extase aussi rare qu'imprévisible.

L'instant d'après, Gabriele reprit ses esprits et se retira. Il se rendit immédiatement compte que quelque chose n'allait pas. Elle était crispée et tremblante. À peine s'était-il dégagé, qu'elle était déjà debout en train de s'enrouler dans sa serviette.

Sans un regard, elle lui tourna le dos et se dirigea vers la maison. Il l'appela, inquiet, et quand elle pivota vers lui, il vit son visage baigné de larmes. Alors il comprit. Il s'était comporté comme un immonde salaud, persuadé qu'elle était expérimentée comme la plupart des jeunes femmes de son âge. Or, selon toute vraisemblance, ce n'était pas le cas. Au contraire, elle était totalement innocente. Dire qu'il n'avait rien trouvé de mieux à faire que de piétiner cela sans même avoir été capable de lui procurer un tant soit peu de plaisir ! Quelle honte ! Décidément, il accumulait les casseroles à une vitesse vertigineuse. Oh non ! Comment avait-il pu ?

Quand elle prit la parole d'une voix tremblante, il se tassa sur lui-même tant il était mal à l'aise.

— Je suis désolée, Gabriele… Je sais que je n'ai pas été à la hauteur, murmura-t-elle sans oser le regarder en face.

— Non, Fanny ! Ne dis pas ça.

— Et pourquoi ? Depuis deux ans, je rêve de ce moment, mais je n'imaginais pas que cela se passerait comme ça. Je devrais être heureuse que tu aies été le premier, et pourtant je me sens tellement…

— Tellement ? demanda-t-il, crispé dans l'attente de sa réponse.

— Sale, chuchota-t-elle avant de se détourner et de s'éloigner rapidement vers la maison.

Gabriele resta un instant totalement immobile, sonné par les dernières paroles de Fanny. Il n'aurait pas été plus KO si quelqu'un avait tenté de l'assommer. Au fond, il ne pouvait s'en prendre qu'à lui-même. Il l'avait utilisée comme un simple objet sexuel. Sa conduite avait été avilissante pour cette jeune femme qui était l'exact opposé de Sofia.

Toutefois, il était un homme d'honneur –du moins l'avait-il cru jusqu'à ce soir– et il ne pouvait en aucun cas la laisser dans cet état. Il se releva d'un bond, et ayant saisi le maillot noir au passage, se dirigea à son tour vers la villa en prenant soin de s'envelopper dans une serviette oubliée sur une chaise longue.

En arrivant devant sa chambre, il hésita un instant puis frappa discrètement. Pas de réponse. Il tourna la poignée et entra. La pièce était vide, et il s'apprêtait à faire demi-tour pour partir à sa recherche, quand il entendit des bruits étouffés provenant de la salle de bain.

Lorsqu'il s'approcha, il la vit assise entre la baignoire et les toilettes, le chignon défait, en train de se balancer d'avant en arrière en pleurant silencieusement. Elle n'avait même pas pris la peine de se rhabiller. Le corps secoué de frissons et de sanglots incontrôlables, elle lui fit vraiment mal au cœur. Elle était dans cet état à cause de lui, et c'était totalement inacceptable.

Doucement, il s'agenouilla devant elle et lui caressa les cheveux. Fanny releva la tête et redoubla de pleurs. En hoquetant, elle s'exclama :

— Je suis tellement désolée, je suis trop nulle !

— Non ! Ne dis pas ça. Tout est de ma faute. Tu n'as aucune raison de t'excuser ma jolie Fanny, murmura-t-il, encore atterré par le désastre qu'il avait provoqué.

— Bien sûr que si ! Je vois bien que je t'ai déçu, et en plus je ne suis pas normale !

— Pourquoi penses-tu ça ?

— Parce que je n'ai rien ressenti d'autre que de la douleur ! Je veux dire… Je n'aurais jamais imaginé que ce serait comme ça ! Ni que je me sentirais aussi mal après…

Il prit son visage entre les mains, l'obligeant à le regarder.

— Fanny, je te répète que c'est moi le responsable ! Arrête de culpabiliser comme ça. J'ai vraiment été en dessous de tout ce soir. Je croyais que tu étais expérimentée et que cette façon de faire ne te posait pas de problème.

— Je comprends…

— Non, tu ne comprends pas, la coupa-t-il rudement. Rien n'excuse la manière dont je viens de te traiter et s'il y a une chose que je peux t'assurer, c'est que cela ne se passe pas toujours ainsi, tant s'en faut. Fanny, laisse-moi te montrer à quel point le sexe peut être différent, murmura-t-il d'une voix qui se voulait persuasive.

— Je ne suis pas sûre d'être prête à retenter l'expérience, Gabriele ! Je ne crois pas que ce soit une bonne idée et…

— Arrête de réfléchir et fais-moi confiance. Si tu savais comme je me sens coupable. Il faut à tout prix que je répare les dégâts que j'ai causés. Je t'en prie Fanny, ne dis pas non !

Il la vit hésiter, avant de fléchir. Comme d'habitude, elle ne pouvait rien lui refuser. Il l'aida à se relever et l'entraîna vers la douche dans laquelle il entra avec elle. Il alluma le jet dont il régla la température. Puis, prenant du gel, il se mit à la savonner délicatement. Il n'y avait rien de sexuel dans ses caresses, simplement de la tendresse et beaucoup de douceur. Pourtant le fait de la toucher l'excitait au plus haut point. Mais cette fois, il ne la brusquerait pas.

Rapidement, il se lava et les rinça tous les deux. Ensuite, il arrêta l'eau et sortit de la cabine. Saisissant une serviette, il la sécha en la frictionnant longuement avant de s'essuyer sommairement le corps.

Prenant Fanny par la main, il la mena vers la chambre où il la fit s'allonger sur le lit et se coucha à côté d'elle. Elle était nerveuse et crispée. Pour la mettre à l'aise, il commença à l'embrasser, l'effleurant à peine avant d'approfondir son baiser en taquinant sa langue de la sienne. Doucement, il la caressa avec ses mains, avec sa bouche qu'il laissait glisser sur la peau de son cou, ses épaules, ses seins qu'il suçota et titilla infatigablement. Il lui sembla être sur le bon chemin quand il sentit que les sens de la jeune femme étaient en train de s'éveiller. Elle gémissait tant le traitement qu'il lui infligeait était délicieux. Abandonnant sa poitrine, il remonta vers ses lèvres dont il s'empara fiévreusement. Il avait l'impression d'être au bord d'un précipice, son corps totalement tendu par le désir.

Puis, il se mit à la toucher plus intimement. Elle paraissait au moins aussi excitée que lui, mais il voulait prolonger, le plus longtemps possible, ces préliminaires qu'il avait totalement dédaignés moins d'une heure auparavant. Lorsqu'il entendit la respiration de Fanny devenir plus saccadée, il accéléra encore le rythme de ses caresses, jusqu'à ce qu'il comprenne qu'elle était sur le point de basculer. Ça y était, elle était prête.

Alors, il se redressa et s'allongea sur elle. Lentement, il vint en elle. À aucun moment, il ne perdit le contrôle se forçant à la retenue la plus complète. Bouche contre bouche, ils bougèrent, leurs corps s'épousant parfaitement. Quand il la sentit trembler violemment signe que l'orgasme la submergeait, il voulut l'encourager, afin qu'elle soit totalement rassurée.

— C'est ça Fanny, encore, encore…

Ensuite seulement, Gabriele s'autorisa à se laisser aller avec un gémissement de bonheur pur. C'était une expérience extraordinaire, comme il n'en avait jamais vécu.

Tout en reprenant son souffle, il embrassa à nouveau la jeune femme toujours allongée sous lui. Elle était si belle avec ses joues rosies et son regard brillant. Avec délicatesse, il se sépara d'elle et se coucha sur le lit. Elle semblait comme hébétée par ce qu'elle venait de ressentir, et prenant appui sur le coude pour l'observer, il ne put empêcher un sourire de triomphe d'étirer ses lèvres. L'initier avait été un des moments les plus intenses de sa vie. Fanny le fixait comme s'il était un héros, la huitième merveille du monde.

— Merci, Gabriele. Jamais je n'aurais pu penser que cela pouvait être ainsi.

— Je t'en prie Fanny. Tout le plaisir était pour moi, répondit-il avant de la prendre dans ses bras.

Quand il constata qu'elle s'était endormie, il se dégagea prudemment et regagna sa chambre sur la pointe des pieds. Il aurait réellement voulu rester avec elle, mais le regard plein d'amour qu'elle lui avait lancé avant de s'assoupir, l'avait profondément perturbé. Il n'était pas prêt à ça. Il n'avait pas pris sa liaison avec Sofia au sérieux, et il en était de même avec Fanny.

Pourtant, elle avait tout pour plaire, songea-t-il avec une pointe de regret. Mais, une fois encore, il ne désirait se caser avec personne. Aussi, décida-t-il de prendre le large et de finir ses vacances dans la villa que son père possédait en Sardaigne. Il fit rapidement ses bagages et quitta la maison de Lugano en pleine nuit, après avoir écrit un bref mot à sa mère pour l'informer de son départ, sans préciser sa destination.

Avec le recul, il se rendait compte qu'il avait agi de façon extrêmement irrespectueuse envers la jeune Française, à qui il n'avait même pas jugé nécessaire de dire adieu. Ce genre de scène lui avait toujours paru extrêmement pénible et il les fuyait comme la peste.

Par ailleurs, il avait été d'une rare inconscience, car à aucun moment il n'avait songé à utiliser une protection au cours de cette soirée. Cela ne lui était même pas venu à l'esprit tant il avait été embarqué dans un univers de sensations pures.

Habituellement, il n'était jamais aussi imprudent dans ses rapports avec les femmes. Il considérait depuis longtemps que l'usage des préservatifs avait le double avantage d'éviter tout risque de grossesse ainsi que de maladies. C'était pour lui une question d'hygiène. Alors pourquoi avait-il dérogé ce soir-là à une règle qu'il s'imposait toujours ? C'était encore pire que cela, puisque même après son départ, pas un instant, il n'avait songé qu'il pourrait y avoir des conséquences.

Aujourd'hui, des années plus tard, la légèreté de son attitude et son égoïsme le sidéraient. Parce que, s'il était réellement honnête avec lui-même, c'était son comportement irresponsable qui les avait précipités tous deux dans le malheur.

3

Lorsque Gabriele revint à la réalité, il se rendit compte qu'il arrivait à Paradiso. C'était dans ce petit village, tout proche de Lugano, que ses parents avaient acheté une jolie villa qu'ils leur avaient offerte en guise de cadeau de mariage. Le sentimentalisme de sa mère l'avait d'ailleurs franchement étonné. Elle savait qu'il ne s'agissait que d'une union de convenance, mais elle avait tenu à acquérir leur future demeure, là où tout avait commencé. Depuis plus de quatorze ans, il n'y avait plus mis les pieds qu'en de très rares occasions. À ses yeux, c'était la maison de Fanny. C'était elle qui y avait vécu durant sa grossesse, alors que lui habitait à Milan en semaine. Chaque week-end, il la rejoignait, car ses parents, qui étaient à Lugano, passaient régulièrement à l'improviste.

Après le départ de sa femme, la villa était restée désespérément vide, même s'il s'assurait qu'elle soit parfaitement entretenue par un jardinier et une entreprise de nettoyage. Et depuis tout ce temps, malgré les conseils de son père, il avait toujours refusé de vendre. C'était le seul lien tangible qu'il gardait avec son fils et Fanny, et il était incapable de le rompre. Pourquoi ? Il n'en savait rien, mais c'était ainsi…

Au bout de quelques dizaines de mètres, il stoppa devant l'entrée du petit cimetière jouxtant l'église et sortit de la voiture. Il se dirigea directement vers une tombe tout en marbre blanc, dont la stèle éclairée par le halo de la lune, représentait un ange aux ailes déployées. Sur la pierre, étaient gravés en lettres d'or et en français, les mots suivants : *« Ici repose un ange – Léonardo Biasini – le 20 janvier 1998 »*.

Au début, venir ici avait été au-dessus de ses forces. Toutefois, trois ans après la mort de son fils, il avait, un jour, été pris d'une envie irrépressible de lui rendre un dernier hommage. Depuis, à chacune de ses visites à Paradiso, il se recueillait longuement sur la tombe du petit garçon. Il se rappela s'être souvent étonné du nombre de fleurs qui recouvraient celle-ci ainsi que de son état toujours impeccable. Jamais il n'y avait vu un bouquet fané ou de mauvaises herbes.

Naïvement, il avait supposé que c'était sa mère qui avait pris les dispositions nécessaires à son entretien. Il savait aujourd'hui qu'il n'en était rien. C'était Fanny qui y veillait depuis des années.

Sans qu'il comprenne ce qui lui arrivait, si ce n'était que c'était plus fort que lui, il tomba à genoux devant la tombe et se mit à sangloter comme un enfant. Il pleura sur le fait que contrairement à sa femme, il n'avait jamais vu Léo ni n'avait pu le serrer dans ses bras. Pourtant, il était viscéralement attaché à cet enfant qu'il n'avait pas eu le temps de connaître. Il versa également des larmes sur la monstruosité de son comportement envers Fanny, sur les drames qui s'étaient succédés, sur ce sentiment de culpabilité qui le rongeait de l'intérieur depuis des années, remontant aujourd'hui à la surface plus fort que jamais. Était-il condamné à vivre dans la honte qu'il avait de lui-même pour le reste de son existence ?

Longtemps après, il se releva lentement. Il se sentait fatigué physiquement, mais aussi plus serein qu'il ne l'avait été depuis des années. Il savait enfin comment être à nouveau en paix avec lui-même. Lorsqu'il aurait accompli cet acte, il pourrait réfléchir au sens qu'il voulait donner à sa vie. Peut-être, réussirait-il après cela à construire une relation stable, voire à fonder un foyer. Pourquoi pas ?

Mais certainement pas avec Barbara, avec qui il avait l'intention de rompre dès son retour à Milan. Ils étaient arrivés au bout de leur histoire. Il n'était pas amoureux d'elle alors autant arrêter les frais tout de suite. Elle n'était pas du tout ce qu'il attendait de celle qui partagerait son avenir. Et il n'avait plus de temps à perdre en mauvais choix.

Toutefois, tout cela ne pourrait être possible que s'il revoyait Fanny. La rédemption, voilà par quoi il devait passer pour se regarder à nouveau dans une glace sans se dégoûter. Il devait lui demander pardon pour tout le mal qu'il lui avait fait, et s'assurer qu'elle ne manque jamais de rien. Alors ils pourraient divorcer à l'amiable, et avec un peu de chance, peut-être même devenir amis en souvenir de leur enfant. Il lui semblait qu'il était maintenant temps de régulariser la situation pour pouvoir aller de l'avant. Enfin…

4

« Mais pourquoi ma vie est-elle si compliquée ? » s'interrogea Fanny Biasini en refermant la porte de la crêperie du quartier Bouffay de Nantes, qu'elle venait de quitter. Elle remonta le col de son duffle-coat et se dirigea rapidement vers la cathédrale non loin de laquelle était situé son appartement. Cela faisait six ans qu'elle habitait ici et elle s'y plaisait toujours autant. Nantes, ses parcs verdoyants disséminés un peu partout, sa population hétéroclite, sa proximité avec la mer, et son dynamisme. Non, il n'y avait pas à dire, elle avait pris la bonne décision en s'y installant.

De plus, professionnellement, cette ville lui avait beaucoup apporté puisqu'elle y enseignait l'économie à l'université, ainsi que dans le lycée le plus renommé. Trois ans plus tôt, elle avait acheté un appartement dans l'un des plus beaux quartiers et elle n'aimait rien tant que s'asseoir sur sa terrasse du dernier étage pour admirer la vue plongeante qu'elle avait sur le jardin des plantes ainsi que sur le château des ducs de Bretagne, qui était une merveille d'architecture. Tout aurait donc pu aller pour le mieux dans le meilleur des mondes, si sa vie personnelle n'avait pas été aussi catastrophique.

Elle venait en effet de rompre avec Daniel, un collègue enseignant qu'elle fréquentait depuis trois mois. En théorie, celui-ci avait tout pour plaire. Il avait le même âge qu'elle, était plutôt agréable à regarder et avait un tempérament calme et stable. Du moins l'avait-elle cru… Stable, ça oui, il l'était. Mais calme, alors là, pardon ! C'était loin d'être le cas. Elle en avait eu une démonstration éclatante avec la scène qu'il venait de lui faire en plein restaurant, lui faisant vivre la situation la plus gênante de sa vie.

En y réfléchissant, elle reconnut cependant qu'elle aurait dû voir les ennuis arriver. Voilà quelque temps que Daniel essayait de régenter son planning et ses activités en fonction des siennes. Même si cela avait eu le don de l'agacer prodigieusement, elle avait préféré ne rien dire pour ne pas provoquer de conflit. Toutefois, la semaine précédente, lorsqu'il avait parlé de famille et d'enfant, elle avait immédiatement objecté, lui rappelant qu'elle ne voulait en aucun cas être mère et encore moins se marier. Elle avait été d'autant plus choquée par cette suggestion, qu'elle pensait avoir été claire dès le début de leur relation, en lui expliquant qu'il ne serait jamais question de fonder un foyer pour elle. Il avait semblé l'accepter et même l'approuver. Alors pourquoi ce revirement soudain ?

C'était donc avec un sentiment mitigé qu'elle était allée à leur rendez-vous. Comme dans un mauvais film, entre le plat et le dessert, il avait sorti une bague et l'avait demandée en mariage. Après un moment de stupeur, Fanny avait refusé, lui redisant calmement que cela n'avait jamais fait partie de leurs projets. Mais Daniel ne l'avait pas écoutée, balayant ses objections d'un rapide mouvement de la main, et entamant un monologue laborieux avant de la supplier d'accepter de faire aussi vite que possible un bébé avec lui.

C'était plus que Fanny n'avait pu en supporter et, avec colère, elle lui avait martelé implacablement qu'elle ne l'épouserait pas et qu'il n'était pas et ne serait jamais envisageable pour elle d'avoir un enfant ! Elle lui avait ensuite déclaré que s'il désirait un instant que leur histoire ait un avenir, il devait impérativement tenir compte de ses souhaits à elle, et non, se comporter en égoïste. Daniel l'avait enfin écoutée, mais elle l'avait senti très perturbé et au bout de quelques minutes, la question tant redoutée avait fini par fuser. Pourquoi refusait-elle de s'engager ?

Que répondre à cela ? Elle avait finalement opté pour la vérité, lui révélant qu'elle ne pouvait pas l'épouser, car elle était déjà mariée, bien que séparée depuis de nombreuses années. Après un instant de stupeur, il avait explosé, lui reprochant son manque d'honnêteté, l'insultant copieusement en raison de sa prétendue traîtrise. Fanny avait alors rompu sans regret et était rapidement sortie du restaurant, non sans avoir payé sa part.

En pénétrant dans son appartement, elle se sentit aussitôt mieux. Elle l'avait aménagé et décoré à son goût. Dans les différentes pièces, meubles anciens et modernes cohabitaient en totale harmonie. C'était son havre de paix, et pour rien au monde, elle n'aurait quitté cet endroit. Sans être immense, il comportait deux chambres, dont la plus petite avait été convertie en bureau, une cuisine équipée, un salon spacieux, ainsi qu'une salle de bain entièrement rénovée. Deux terrasses situées, l'une à l'avant et l'autre à l'arrière, complétaient l'ensemble.

Fanny enleva son manteau et ses chaussures, puis se dirigea vers la cuisine. Rien de tel pour se remonter le moral qu'un bon café accompagné de son chocolat noir préféré. Elle s'installa sur son canapé et saisit un livre.

Avant d'entamer sa lecture, elle prit un instant pour réfléchir à la situation. Finalement, elle était soulagée d'avoir rompu avec Daniel. Elle tenait par-dessus tout à sa liberté et n'accepterait jamais plus qu'un homme lui impose ses volontés. Par ailleurs, si elle l'aimait bien, elle n'était pas amoureuse de lui. Les quelques baisers qu'ils avaient échangés ne lui avaient pas paru désagréables, mais n'avaient rien eu de transcendant non plus. D'ailleurs, elle avait refusé jusqu'à présent toute relation intime avec lui, ne s'estimant pas prête. En fait, la vérité était bien plus basique que cela. Il la laissait de marbre, et dans ces conditions, tout rapprochement physique était exclu.

Rien à voir avec… Non, surtout ne pas penser à lui. Depuis leur séparation, immanquablement et involontairement, elle comparait tous ses soupirants à son ex-mari. Et malheureusement, aucun d'entre eux ne lui arrivait à la cheville. Nom d'une pipe ! Mais quand passerait-elle à autre chose ? Son play-boy d'époux lui avait fait vivre un enfer sur terre, mais malgré cela, ses sentiments envers lui demeuraient confus. C'était un mélange de rancœur et de nostalgie, de désir et de colère.

Et aujourd'hui encore, certains soirs, lorsqu'allongée dans son lit, elle attendait que le sommeil la gagne, elle ne pouvait s'empêcher de songer aux instants heureux partagés avec lui. Les souvenirs lui paraissaient tellement vivaces, qu'elle s'en étonnait elle-même. Avec une grimace de dépit, elle songea au fait que ces moments avaient été si peu nombreux, qu'ils se réduisaient à peau de chagrin. Pourtant Dieu sait qu'elle l'avait aimé. À tel point, qu'elle avait failli basculer dans la folie après la mort de Léo.

La réminiscence de ces heures, les plus noires de son existence, la fit aussitôt revenir à la réalité. Non ! Plus jamais ça ! Elle se l'était juré voici quatorze ans, et ne dérogerait jamais à cette promesse.

Fanny venait de se plonger dans la lecture de son roman tout en dégustant son chocolat, lorsque le téléphone sonna.

— Allo, répondit-elle en redoutant qu'il s'agisse de celui qui était désormais son ex petit ami.

— C'est Daniel. Je t'en supplie, pardonne-moi la scène de tout à l'heure ! Je t'aime, et je ne veux pas qu'on se quitte.

— Écoute Daniel, soupira-t-elle, nous n'avons pas la même conception de l'avenir et je ne serai jamais ce que tu attends de moi. Je regrette, il est préférable que nous en restions là.

— Non Fanny, tu ne peux pas me faire cela. C'est toi que je désire. Il n'est pas question que tu me quittes…

— Daniel, arrête. C'est mieux ainsi.

— Mais je t'aime !

— Moi aussi je t'aime bien, mais je ne suis pas amoureuse de toi. C'était une erreur d'entamer cette relation. Nous aurions dû rester amis.

— Chérie, avec le temps tu m'aimeras vraiment, j'en suis persuadé. Donne-nous une chance. Nous nous entendons bien, non ?

— Je ne sais pas, répliqua Fanny qui cherchait vainement un moyen de lui faire comprendre qu'il n'avait plus rien à espérer d'elle.

— Je te laisse réfléchir à la question. Mais je t'en supplie, ne précipite rien ! Je me montrerai patient. La seule chose que je te demande, c'est de régulariser la situation avec ton époux.

— Pardon ? s'exclama-t-elle, choquée.

— Oui, tu penses bien que je ne tiens pas particulièrement à fréquenter une femme mariée. Qui plus est, si à l'avenir tu changeais d'avis, tout serait plus facile. Et puis que dirait ma mère ? De plus, tu m'as expliqué toi-même que tu ne l'avais pas revu depuis des années.

— Daniel, c'est ma vie privée et tu n'as pas à t'en mêler, coupa-t-elle sèchement en levant les yeux au plafond, découragée.

— Mais Fanny ! Tu ne crois quand même pas que je pourrai accepter une situation pareille ? s'écria-t-il, à nouveau en colère.

— Dans la mesure, où je viens de te dire que tout était fini entre nous, tu n'as aucun droit de regard sur moi ! Décidément, tu n'as rien compris ! Alors, maintenant, je vais raccrocher et je te demande de ne pas me rappeler. Au revoir Daniel.

Sur ces mots, elle coupa la communication.

Elle s'était tout juste installée à nouveau, quand le téléphone se remit à sonner. Pensant qu'il s'agissait encore de lui, elle soupira. Mais quand lui ficherait-il la paix ? Comme celui qui appelait ne semblait pas décidé à renoncer, elle finit par décrocher, franchement excédée.

— Quoi encore ? demanda-t-elle sur un ton brusque.

— Bonsoir Fanny, fit une voix grave, un peu rocailleuse avec un accent chantant qu'elle reconnut immédiatement, bien qu'elle ne l'ait pas entendue depuis fort longtemps.

— Gabriele ? balbutia-t-elle sous le choc.

— L'unique, murmura l'italien amusé par sa surprise manifeste. Comment vas-tu depuis tout ce temps ?

— Qu'est-ce que tu me veux ? questionna Fanny, aussitôt sur la défensive. Tu ne m'appelles quand même pas après tant d'années pour t'enquérir de ma santé ?

— Eh bien, figure-toi que si. J'ai envie de savoir comment tu te portes. Je ne vois pas le mal qu'il y a à cela.

— Au bout de presque quinze ans, permets-moi de te dire que c'est ridicule. Alors, si c'est le divorce que tu veux, économise ta salive ! Je signerai sans faire la moindre difficulté. Envoie les documents et je…

— Fanny, on ne va pas commencer à se déballer des choses désagréables. Il n'est pas question de divorce pour le moment, j'aimerais juste te parler.

— Alors, dis ce que tu as à dire et raccroche, fit la jeune femme en s'affalant sur le canapé, les jambes tremblantes.

— Non. Pas au téléphone. En fait, je voudrais te rencontrer.

— Me voir ? Mais pourquoi ? Je n'ai plus rien à faire avec toi. Après tout, on ne va pas faire comme si nous étions de vieux amis. Et puis d'abord, comment m'as-tu retrouvée ?

— Sais-tu qu'il n'y a qu'une seule Fanny Biasini à Nantes ? L'annuaire a fait le reste. D'ailleurs, je n'aurais jamais pensé que tu continuerais à utiliser mon nom.

— Tu t'es trompé. Mais, tu ne réponds pas à ma question. Comment étais-tu au courant du fait que je résidais à Nantes ?

— J'ai menacé ma sœur de tous les maux de la terre et elle a fini par me révéler, à contrecœur, que tu vivais dans une grande ville de l'ouest de la France. Pour le reste, il n'y en a pas cinquante, et je t'ai localisée assez rapidement. J'aurais trouvé plus vite, mais je pensais que tu avais repris ton nom de jeune fille.

— Eh bien, comme tu peux le constater, non. Bon, venons-en au fait. De quoi veux-tu m'entretenir ?

— De Léo, de nous, de notre mariage…

— Hein ! Et tu t'imagines un seul instant que je vais accepter de remuer toute cette boue ? s'exclama-t-elle. Jamais ! Il n'est pas question que je discute plus longtemps de tout cela avec toi ! Tu m'entends ? Alors, un bon conseil, oublie mon numéro et continue à vivre ta vie comme tu le fais si bien depuis des années. Je n'ai plus rien à voir avec toi.

— Fanny ! Calme-toi, je t'en prie…

— Non, je ne me calmerai pas ! Tu es d'une prétention sans nom, si tu crois que je t'accorderai une seule minute pour parler du passé !

— Mais enfin, arrête d'être agressive comme cela ! C'est incroyable ! Cela fait plus de quatorze ans que nous ne nous sommes pas adressé la parole, et tu deviens totalement hystérique !

— Hystérique, moi ? Alors, écoute bien ce qui va suivre. Va au diable ! hurla-t-elle en raccrochant.

Elle se recroquevilla sur le canapé et éclata en sanglots. Non, ce n'était pas possible ! Trop, c'était trop ! La soirée avait déjà été assez pénible lorsqu'elle avait rompu avec Daniel. Mais cette conversation avec Gabriele avait réveillé tant de traumatismes.

Elle avait tant aimé son mari, qu'elle en avait été réduite à la servilité la plus humiliante. Pas une seconde, il n'avait partagé ses sentiments. Il s'était servi d'elle de la plus ignoble des manières. Quand il avait été obligé de l'épouser sous peine d'être renié par ses parents, il lui en avait tellement voulu de l'avoir piégé, comme il disait si bien, qu'il lui avait fait payer cela tous les jours qu'avait duré leur union. Elle avait pourtant voulu espérer qu'il finirait par avoir au moins un peu de tendresse pour elle et avait tout accepté.

Elle avait pardonné les soirées de fiesta avec ses amis alors qu'elle était à Paradiso, solitaire, en train de l'attendre. Elle avait supporté le fait qu'il continue à avoir des relations avec sa maîtresse – du moins l'avait-elle supposé–, et son comportement froid et condescendant envers elle.

Toutefois, lorsqu'à l'enterrement de leur fils, elle s'était retrouvée seule devant le cercueil parce qu'il n'avait pas daigné se déplacer pour la cérémonie, la révolte avait grondé en elle. Aussi était-elle retournée à Milan juste après les obsèques pour s'expliquer une bonne fois pour toutes avec lui. En pénétrant dans son appartement dont elle avait une clé, elle avait entendu des bruits étranges. Elle s'était alors dirigée vers la chambre, et là, s'était figée. Son mari était allongé nu dans leur lit, en train de faire l'amour avec cette sorcière de Sofia.

Voilà à quoi il était occupé alors qu'on mettait leur enfant en terre ! À cet instant, ce qui restait de son cœur s'était complètement brisé, et une sensation de froid intense avait envahi son corps. Sans bruit, elle était repartie et s'était rendue chez Maurizio pour l'informer de sa décision de rompre avec son fils.

Son beau-père avait accepté, visiblement soulagé, et lui avait tendu un chèque équivalant à un million d'euros. Machinalement, elle avait empoché le bout de papier et avait quitté l'Italie pour ne plus y revenir durant presque deux ans.

Elle était retournée en France avec sa mère, dans un état d'hébétude totale. Cette dernière avait fini par demander son internement dans un centre psychiatrique, tant la dépression de sa fille était inquiétante.

Fanny y était restée pendant deux mois, prostrée dans sa peine, murée dans un silence profond. Au bout de ce laps de temps, elle avait été autorisée à regagner le domicile maternel.

Le soir de son retour, sa mère s'était absentée quelques minutes pour acheter du pain. En l'attendant, elle avait feuilleté une revue people, et par hasard, était tombée sur une photo de son mari enlaçant tendrement une splendide actrice qui commençait à percer en Italie.

Folle de chagrin, incapable de raisonner de manière cohérente, elle s'était précipitée dans la salle de bain, avait saisi une lame de rasoir puis avait tenté de se taillader les veines, persuadée que c'était la seule échappatoire pour elle, afin de cesser enfin de souffrir à un point qui était humainement intenable.

Lorsque sa mère l'avait découverte inanimée sur le sol, elle avait immédiatement appelé les secours. À nouveau internée, elle s'était encore enfoncée dans le désespoir. Puis un jour, elle avait eu la visite d'un psychiatre qui avait compris sa déchéance. Il avait patienté jusqu'à ce qu'elle soit prête à lui parler. Ensemble, ils avaient alors démarré une thérapie qui avait duré des mois.

Elle avait repris confiance en elle, puis peu à peu, goût à la vie. Sans même en avoir conscience, elle avait recommencé à faire des projets. Encore hospitalisée, elle avait suivi des cours par correspondance puis obtenu son baccalauréat avec mention. Elle avait ensuite entrepris des études supérieures de sciences économiques, réellement passionnée par cette matière. Cela l'avait conduite jusqu'à une thèse de doctorat soutenue brillamment et à la réussite de l'agrégation, concours dont on connaît la difficulté.

Pour financer tout cela, elle n'avait pas eu d'autre solution que d'utiliser l'argent que lui avait donné Maurizio. Ainsi, douze mois après avoir eu le chèque, elle l'avait encaissé, s'assurant de cette manière de pouvoir vivre décemment durant son cursus universitaire. Environ un an et demi après son départ précipité de Milan, elle avait enfin trouvé la force de retourner à Paradiso. Elle avait découvert la tombe de son fils dans un état de relatif abandon, même si la stèle qu'elle avait commandée au moment des obsèques, avait été installée.

Alors, elle avait décidé que c'était à elle, et à elle seule en tant que mère, de prendre en charge son fleurissement. Depuis, elle y retournait chaque mois, sans avoir jamais croisé Gabriele, à son grand soulagement.

Il avait fallu un simple coup de fil presque quinze ans plus tard, pour fissurer l'édifice qu'elle avait mis tant de temps à construire. Mais, elle ne permettrait pas à son mari de la détruire une seconde fois. Et, il était hors de question qu'elle le laisse réapparaître dans sa vie, quels que fussent ses motifs.

***

À Milan, Gabriele resta prostré longtemps après que Fanny lui eut raccroché au nez. Qu'avait-il espéré au juste ? Qu'elle lui parlerait comme si de rien n'était ? Elle devait encore lui en vouloir pour l'accident. Même s'il ne l'avait pas provoqué, puisque le chauffeur de la camionnette qui les avait percutés était ivre et avait perdu le contrôle de son véhicule, il se le reprochait toujours terriblement. Car il ne pouvait occulter le fait que c'était lui qui conduisait, lui qui avait peut-être un peu trop bu, lui qui avait refusé qu'elle prenne le volant, et enfin lui qui avait été à l'origine de leur querelle en flirtant ouvertement avec une autre femme allant jusqu'à l'embrasser, dans un couloir sombre, sous le nez de son épouse qui arrivait à ce moment-là.

À partir de l'instant où il avait dû se marier avec elle, il n'avait plus songé qu'à une chose. Lui faire payer d'y avoir été contraint. Pourtant, il admettait aujourd'hui qu'il avait été plus coupable qu'elle pour cette grossesse.

Il se revoyait rentrant un soir chez ses parents et découvrant la mère de Fanny dans le bureau de son père. Cette dernière avait compris que c'était en Italie que sa fille avait conçu l'enfant qu'elle portait. Et ses frères n'avaient pas été longs à révéler qu'il n'y avait que lui qui pouvait avoir eu une relation intime avec la jeune femme, par ailleurs folle de lui.

Pour Maurizio, la coupe avait été pleine. Après le scandale de Sofia, qui lui avait été raconté par la secrétaire elle-même, la grossesse de Fanny, une mineure, avait été la goutte d'eau qui faisait déborder le vase. Son père avait consenti à régler le problème de la rousse italienne pour préserver l'honneur de la famille. Et lui avait été contraint de se marier avec une jeune Française qu'il connaissait à peine et dont il apprit ce soir-là qu'elle était âgée de dix-sept ans.

Il avait ensuite fait de leur vie un enfer, espérant sans doute que Fanny excédée le quitterait. Mais elle était restée, se soumettant à son désir quand l'envie lui en prenait, et acceptant son mépris et son attitude grossière, la plupart du temps. Il lui en avait voulu d'autant plus, que jamais aucune femme ne lui avait procuré autant de plaisir.

Pourtant, dès le cinquième mois de grossesse, il avait cessé de partager la chambre de son épouse qui passait le plus clair de son temps à Paradiso, alors que lui-même était à Milan. Malgré tout, quand il la voyait en fin de semaine, s'arrondissant, resplendissante d'une beauté sereine, il ne pouvait s'empêcher d'être ému en sa présence. Ce sentiment l'avait souverainement dérangé, se rappela-t-il.

Il ne s'était impliqué à aucun moment dans la préparation à l'accouchement, faisant comme s'il n'était pas concerné, mais avait fini par s'habituer tout doucement à l'idée d'être père. Il n'en avait pris pleinement conscience que lorsque ses frères lui avaient annoncé la mort du petit garçon, quelques heures après sa naissance.

Le jour de l'enterrement, alors qu'il s'apprêtait à quitter Milan pour Paradiso, Sofia était venue lui présenter ses condoléances et ses regrets pour tout ce qui s'était passé. Par politesse, il s'était obligé à boire un verre avec elle. Après, cela avait été le trou noir, et il s'était réveillé dans son lit, sans aucun souvenir du reste de la journée.

C'était Gianni qui l'avait secoué sans ménagement en lui hurlant qu'il était la honte de la famille, car il avait préféré se saouler plutôt que d'assister aux funérailles de son fils. C'était également lui qui lui avait annoncé que Fanny avait quitté l'Italie, lassée de ses frasques, et qu'elle ne souhaitait plus jamais entendre parler de lui.

Il avait fini par obtenir ce qu'il avait voulu, se dit-il avec amertume. Il l'avait poussée tellement à bout qu'elle était partie. Il aurait dû en être heureux à l'époque, pensa-t-il encore, mais une petite voix insidieuse ne cessait de répéter « alors pourquoi t'a-t-elle autant manqué après son départ, et pourquoi n'as-tu jamais retrouvé chez une autre femme cet épanouissement charnel que tu n'as connu qu'avec elle ? »

5

En quittant le lycée où elle enseignait chaque vendredi, Fanny poussa un long soupir de soulagement. Enfin le week-end ! Elle allait pouvoir se changer les idées.

Daniel, après une dernière tentative de réconciliation, avait finalement compris qu'elle ne souhaitait pas poursuivre leur relation. Depuis, il lui faisait la tête comme un petit garçon boudeur, sans se rendre compte que son attitude ne plaidait absolument pas en sa faveur. Au contraire, cela ne faisait que la conforter dans sa décision.

Il y avait maintenant cinq jours que Gabriele l'avait contactée et elle n'avait pas eu de ses nouvelles depuis, fort heureusement. Dès demain, elle prendrait le train pour Paris, histoire de se dépayser. Elle irait au Musée du Louvre et peut-être voir une pièce de théâtre le soir. Un peu de shopping complèterait ce petit séjour. Le week-end suivant, elle se rendrait à Paradiso comme chaque mois.

Rapidement, elle traversa la rue, son appartement étant situé non loin de l'établissement. Le vendredi était une journée particulièrement chargée, puisqu'elle avait sept heures de cours et elle était bien contente de retrouver enfin son havre de paix.

Elle se dirigea sans attendre vers la porte d'entrée de l'immeuble cossu où elle résidait, sans avoir conscience qu'un homme quittait une voiture stationnée tout près, et approchait.

Gabriele la reconnut instantanément malgré le fait qu'elle ait changé après toutes ces années. Il l'avait repérée dès sa sortie d'un bâtiment qui selon toute vraisemblance était un établissement scolaire. Qu'y faisait-elle ? Depuis environ deux heures, il patientait dans la berline qu'il avait louée, après s'être rendu compte qu'elle n'était pas à son domicile.

Il concentra son attention sur elle, et prit le temps de l'observer avant de quitter le véhicule. Sa coiffure était différente. Elle avait les cheveux plus longs, coupés de manière effilée comme c'était la mode actuellement, et son front était couvert d'une épaisse frange. Cela lui allait très bien, même s'il regrettait que son visage ne soit pas plus dégagé. Leur couleur n'avait pas changé, ils étaient toujours châtain clair avec ces reflets dorés qu'il avait tant aimés. Elle était vêtue d'un jean sombre, de bottes à talons en cuir brun et d'un manteau en lainage caramel qui complétait l'ensemble. Simple, décontracté et élégant. Tout à fait à son image. Lorsqu'elle passa devant lui sans le voir, il remarqua qu'elle portait de grandes créoles aux oreilles. « *Adorable* », pensa-t-il avant de se reprendre. Depuis quand s'extasiait-il de l'allure de Fanny ? Il n'était là que pour parler avec elle et se faire pardonner son comportement passé. Après, il repartirait sans regret et sans un regard en arrière.

Prestement, il se dirigea vers la jeune femme qui s'apprêtait à pénétrer dans l'immeuble. Il attendit qu'elle déverrouille la porte avant de s'approcher d'elle. Avec courtoisie, elle se tourna pour la lui tenir.

Quand elle vit l'homme posté derrière elle, qui la poussait doucement dans le hall d'entrée, Fanny pâlit brusquement. Non ! Ce n'était pas possible ! Elle devait être victime d'hallucinations, cela ne pouvait s'expliquer autrement. Elle ferma les yeux, les rouvrit, pour se rendre compte qu'il n'avait pas bougé d'un pouce et qu'il lui souriait presque timidement. Gabriele ! Mais que faisait-il ici ? À sa grande honte, elle ne put s'empêcher de l'admirer. Il était toujours aussi beau ! Les années avaient d'ailleurs apporté à ses traits une maturité qui le rendait tout à fait fascinant. Autant de charisme chez un seul homme devrait être interdit, pensa-t-elle avec dépit. Pourtant, il avait changé. Ses cheveux étaient plus longs qu'autrefois et sa silhouette semblait plus imposante, plus massive, toute en muscles. Elle pouvait sentir les effluves de son eau de toilette luxueuse et en fut aussi troublée que lors de leur première rencontre. Cachant de son mieux, l'émoi qui la gagnait, elle se redressa et lui demanda d'un ton qu'elle voulut froid.

— Que fais-tu ici ?

— En voilà un accueil ! Est-ce une façon de saluer ton époux venu te rendre visite ?

— Mon époux ! répondit-elle, avec une moue sarcastique. De qui parles-tu ? De celui qui n'a pas pris de mes nouvelles ? Ah, c'est de lui dont tu parles ? À vrai dire, il a été tellement odieux avec moi, qu'il ne m'a pas manqué un seul instant.

— Fanny, ça ne te dérange peut-être pas de te donner en spectacle dans ce hall, mais moi ça m'ennuie. Alors, si tu le veux bien, allons chez toi pour continuer cet échange tout à fait charmant d'amabilités.

— Il n'est pas question que tu mettes les pieds chez moi !

— S'il te plaît, je suis fatigué. J'ai fait un long voyage, et cela fait plus de deux heures que je t'attends. Si tu as envie de t'énerver autant que ce soit en toute intimité.

À ce moment-là, un de ses voisins pénétra dans le hall. L'ascenseur arriva au rez-de-chaussée, et avant qu'elle ait pu réagir, Gabriele la poussa à l'intérieur de la cabine. Après lui avoir demandé à quel étage elle résidait, il appuya sur le bouton et se tint immobile à son côté, tout en souriant à l'homme qui les avait suivis.

En entrant dans l'appartement de Fanny, Gabriele regarda avec curiosité autour de lui. Spacieux, sans être trop vaste, celui-ci semblait fort agréable et il s'en dégageait une atmosphère de sérénité à laquelle il fut immédiatement sensible. Elle le guida vers un salon aux murs blancs, où des étagères de bois clair croulaient sous les livres. Un imposant canapé ainsi que deux fauteuils en velours chocolat occupaient la plus grande partie de la pièce. Elle l'invita à s'y asseoir et lui proposa une boisson. Il accepta volontiers un café. Puis il posa son sac, retira son manteau de cachemire gris, et se posta devant la porte-fenêtre pour admirer la vue sur la ville.

Lorsqu'elle revint avec un plateau sur lequel étaient disposées deux tasses et une assiette de biscuits, il s'installa confortable dans un des fauteuils. Fanny prit place sur le canapé, le plus loin possible de lui. Ses membres tremblaient tellement qu'elle avait cru ne jamais pouvoir arriver dans le salon, sans rien renverser.

Souriant, il observa les murs où étaient accrochées différentes lithographies, dont plusieurs représentaient des paysages italiens, toscans, lui sembla-t-il. Puis soudain, son regard fut attiré par un document intégré dans un cadre en bois. Intrigué, il se leva et s'en approcha. En lisant ce qui y était inscrit, il fut si surpris qu'il faillit en laisser tomber sa tasse. Pivotant vers elle, il lui demanda :

— Tu as un doctorat ? Toi ?

— Comme tu peux le constater. Que croyais-tu donc ? Que je passe mes journées à me tourner les pouces ? répondit-elle, vexée par cet étonnement.

— Quand ? Comment ? Je pensais que tu avais arrêté tes études !

— Eh bien, non. Même lorsque nous étions mariés, je suivais des cours par correspondance.

Mais comme tu n'as jamais prêté la moindre attention à ce que je pouvais faire quand tu étais à Milan, tu n'en as jamais rien su. De toute façon, je doute que cela ait pu t'intéresser.

— Bien sûr que si, Fanny ! Et quand as-tu eu ce doctorat ? demanda-t-il en se rasseyant sur le canapé, à côté d'elle, cette fois.

— Eh bien, j'ai eu mon baccalauréat avec un an de retard, à dix-neuf ans, puis ma licence trois ans plus tard. Ensuite, il m'a encore fallu deux ans pour le DEA et pour finir, quatre ans pour la thèse. Je l'ai obtenue il y a trois ans. Ça te surprend, n'est-ce pas ?

— Oui. Mais je suis content pour toi. Tu as parfaitement mené ta barque et c'est bien. Et que fais-tu dans la vie ?

— J'enseigne l'économie et les finances dans le lycée situé un peu plus loin, le vendredi. Et le reste de la semaine, à l'université. J'ai réussi le concours de l'agrégation l'année où j'ai eu mon doctorat. En fait, je suis maître de conférences et je suis détachée à mi-temps dans cet établissement où je ne donne des cours qu'à des étudiants qui préparent les grandes écoles. Et toi que deviens-tu ? ne put-elle s'empêcher de demander.

— J'ai repris la direction du cabinet de mon père quand il a pris sa retraite. Mais comme tu le sais, je suis spécialisé en droit international, donc je voyage beaucoup. C'est Emilio qui gère les affaires courantes.

— Ah… Et comment vont tes parents ?

— Ils sont en forme. Ils vivent la moitié l'année à Milan, l'autre à Lugano. Ils passent aussi beaucoup de temps en Sardaigne. Pourquoi me demandes-tu cela ? Si mes souvenirs sont bons, tu ne t'entendais pas très bien avec eux.

— Je ne présenterais pas les choses ainsi, dit-elle en souriant. Nous n'avions aucune relation. Ce serait une bien meilleure approche de la situation. Il n'empêche que je leur dois beaucoup.

— Comment cela ?

— Eh bien, lorsque je suis partie, ton père s'est cru obligé de me donner de l'argent. C'était une très grosse somme, et c'est ce qui m'a permis de faire mes études dans de bonnes conditions et ensuite d'acheter cet appartement. Vois-tu Gabriele, je n'ai jamais eu droit à une quelconque bourse parce que j'étais mariée avec toi, donc les choses étaient compliquées pour moi. Une fois que j'ai eu ma licence, j'ai occupé un emploi de professeur auxiliaire. Mais avant cela, c'est l'argent de ton père qui a tout financé. Par la suite, quand j'ai eu mon doctorat, j'ai commencé à rembourser ce que j'avais dépensé. J'y étais presque totalement parvenue lorsqu'un ami m'a fait visiter cet appartement. Il savait que je voulais acheter, et si possible plus grand que le petit studio que je louais. Comme tu l'as sans doute constaté, il est situé dans l'un des plus beaux quartiers, et était relativement cher. La banque a refusé de me prêter la somme que je demandais, au prétexte que j'avais un compte sur lequel dormait un million d'euros. Alors j'ai pris ce qu'il fallait pour payer, et je rembourse à nouveau ce que j'ai emprunté. Quand j'aurai terminé, je vous redonnerai le tout.

— Voyons, Fanny, cet argent est le tien ! Il n'est pas question que tu rendes quoi que ce soit ! s'exclama Gabriele.

— Non, je ne veux rien vous devoir. Cela m'a aidé, mais ce n'est pas à moi.

— Et ta mère ? Elle n'aurait pas pu te soutenir financièrement ? Au fait, comment va-t-elle ?

— Maman est morte, il y a huit ans des suites d'un cancer, lâcha la jeune femme d'une voix tremblante.

— Oh Fanny ! Je suis tellement désolé pour toi. Je sais à quel point vous étiez proches toutes les deux. Pourquoi ne m'as-tu pas contacté à ce moment-là ?

— Pourquoi l'aurais-je fait ? demanda-t-elle en plissant les yeux, incapable de comprendre où il voulait en venir.

— Parce que je suis ta seule famille, répondit Gabriele comme si cela tombait sous le sens.

— Non, tu n'es pas ma famille. Mes uniques proches étaient Léo et ma mère, et ils sont morts. Toi, tu n'es rien pour moi. Tout au plus, un passant qui passe.

— Fanny, l'interrompit-il sur un ton péremptoire. Au lieu de réagir ainsi, tu pourrais au moins faire l'effort de te mettre cinq minutes à ma place. Tu étais censée être une aventure d'une nuit, pas devenir ma femme. D'ailleurs, jamais je ne me serais marié aussi jeune si je n'y avais pas été contraint par mes parents. Tout le temps qu'a duré notre union, j'ai eu la sensation d'étouffer.

— Pourtant je n'étais pas envahissante, reconnais-le, protesta-t-elle tristement.

Elle était sincèrement peinée qu'il ait pu les prendre, elle et leur couple, comme un boulet qu'il était obligé de traîner derrière lui. Qu'il le dise ouvertement la faisait encore terriblement souffrir.

— Ce n'était pas toi en particulier, murmura-t-il, souhaitant temporiser ses paroles dont il avait conscience qu'elles n'étaient pas forcément très agréables à entendre. Vois-tu, je me sentais totalement piégé et…

— STOP, s'écria-t-elle brusquement, saisie d'un accès de colère aussi inattendu qu'explosif. Pendant des mois, je t'ai permis de me faire ce reproche tous les jours et tous les jours. Mais aujourd'hui, il y a des choses que je ne peux plus te laisser dire. Si tu avais été moins égoïste, tu aurais regardé ailleurs qu'autour de ton nombril pour t'apercevoir que celui des deux qui avait été piégé dans cette histoire, ce n'était pas toi !

— Qu'entends-tu par là exactement ? se crut-il obligé de demander en se penchant sur elle, intrigué par ce brusque éclat, dont il ne comprenait pas l'origine.

Fanny se leva et s'éloigna rapidement. Malheureusement pour elle, dès le moment où elle l'avait revu, elle avait pris conscience que cette attraction quasi magnétique qu'il exerçait autrefois sur elle, n'avait pas disparu, loin de là. Elle la sentait plus vive que jamais. Or, elle devait impérativement se protéger de l'ascendant qu'il exerçait sur elle. Il en allait de sa santé mentale.

Elle savait de quelle cruauté Gabriele était capable, et plus jamais elle ne voulait revivre les souffrances du passé. Elle ne le supporterait plus. Toutefois, elle devait s'expliquer une bonne fois pour toutes.

— Tu n'as jamais cessé de dire que TU avais été piégé, mais à aucun moment tu n'as songé à moi. J'avais dix-sept ans et toute ma vie devant moi ! Crois-tu que j'avais envie d'avoir un enfant et de me marier si jeune ? Il a fallu que je quitte mes amis, ma mère, mon pays pour épouser un inconnu. J'ai débarqué à Milan alors que je ne parlais pas l'italien, que je ne connaissais personne, hormis Angie, mais elle vivait à Londres à l'époque. Tout cela pour essuyer le mépris de tes parents qui me prenaient pour une profiteuse, et supporter un homme qui m'a fait à peu près tous les coups tordus qu'on puisse imaginer, déclara-t-elle froidement en le regardant droit dans les yeux. J'étais terrifiée à l'idée d'être mère, et je n'avais personne à qui me confier, personne qui puisse me rassurer ! Alors à la lumière de ce que je viens de dire, ose me déclarer encore une fois que tu as été piégé. Qu'as-tu perdu, toi ? Rien. Tu as continué à vivre au même endroit, à fréquenter les mêmes amis, et à exercer le même job. Ah non, Gabriele, crois-moi dans cette histoire, la seule qui a réellement été à plaindre, c'était moi, et non toi. Malgré tout, j'ai espéré que ce serait possible. Que nous pourrions avoir une vie sereine pour notre enfant. Je n'ai jamais connu mon père, et j'en ai tant souffert qu'il me semblait impensable de priver mon bébé de toi. Pour ce que cela m'a apporté, ajouta-t-elle avec amertume en essuyant rageusement ses larmes du revers de la main, j'ai tout perdu moins d'un an après, alors…

Bouleversé par ce qu'il venait d'entendre, Gabriele s'approcha d'elle et essaya de la prendre dans ses bras pour la réconforter. Le sentiment de culpabilité qu'il éprouvait depuis si longtemps était à son apogée. Jamais il n'avait considéré les choses de son point de vue à elle, et pourtant il avait nié l'évidence. Dans la situation qui avait été la leur, elle avait bien plus perdu que lui. Quel égocentrique il avait été. Impardonnable !

Passé un premier mouvement de recul, Fanny accepta cependant son étreinte. Comment aurait-elle pu refuser ? Son corps ne se contrôlait déjà plus, et elle se haïssait pour sa faiblesse face cet homme qui l'avait tant fait souffrir. Malgré tout, elle ne bougeait pas, comme paralysée. Ses bras étaient fermes et musclés, son torse chaud et rassurant. Alors, sans qu'elle ne puisse rien maîtriser, elle éclata en sanglots. Elle pleura sur la perte de son enfant chéri, sur ces années de solitude, sur Gabriele qui n'avait jamais compris sa détresse.

Lentement, il resserra son étreinte. C'était le moins qu'il ait pu faire, lui apporter un peu de réconfort. Il l'incita à se laisser aller doucement contre lui, et se rendit brusquement compte qu'il n'avait pas éprouvé une telle sérénité depuis des années. Elle sentait si bon, d'ailleurs il n'avait jamais oublié son parfum fleuri et délicat.

Ils restèrent un long moment ainsi, enlacés, sans prononcer un mot, puisant simplement de la force dans la chaleur de l'autre. Puis, Gabriele murmura dans ses cheveux :

— Pourras-tu me pardonner un jour Fanny ?

La jeune femme se redressa et l'observa à travers ses larmes. Son visage était à peine à quelques centimètres du sien. Elle lui sourit avant de répondre d'une voix douce.

— Il y a bien longtemps que je t'ai pardonné ton comportement en tant que mari, fit-elle presque timidement.

— Comment ? demanda Gabriele éberlué par ces mots auxquels il ne s'attendait absolument pas.

— Tu as très bien entendu. Je ne t'en veux plus pour ton attitude vis-à-vis de moi durant notre vie commune. Il m'a fallu des années pour comprendre que vivre dans les rancœurs du passé n'apportait rien. Pour pouvoir aller de l'avant, je devais faire table rase.

— Mais l'accident… souffla Gabriele d'une voix douloureuse qui trahissait son remords.

— Gabriele, le coupa-t-elle doucement, en se redressant et en s'écartant de lui. Je n'ai jamais considéré que tu aies pu avoir une quelconque responsabilité dans ce qui est arrivé. C'est le destin. Un tragique et malheureux concours de circonstances. Je te rappelle que le chauffeur de la voiture qui nous a percutés était ivre et qu'il avait perdu le contrôle de son véhicule. C'est un miracle que nous n'ayons pas été tués et je ne sais pas comment tu aurais pu éviter la collision.

— J'avais bu moi aussi, et nous étions en train de nous disputer. J'aurais dû te laisser conduire, comme tu me l'avais demandé en partant.

— Et qu'est-ce que cela aurait changé ? Moi non plus, je n'aurais pas pu anticiper ce drame, protesta-t-elle en lui prenant la main.

— Fanny, tu es une femme extraordinaire, souffla Gabriele profondément ému par ce qu'il venait d'entendre.

— Cela ne sert plus à rien de t'en vouloir, c'est le passé. J'ai toujours pensé que chacun recevait un jour ce qu'il méritait et que chaque mauvaise action engendrait un retour. Finalement, tu as été largement puni pour ton attitude.

— Comment cela ? demanda-t-il, soudain plus méfiant.

— Eh bien, ce que j'essaie de te dire, c'est que tu n'as jamais connu Léo. Tu n'as jamais eu le bonheur de le serrer dans tes bras, de l'embrasser. Ma tête est remplie de souvenirs le concernant, toi tu n'en as aucun. Et il te faudra vivre avec cela tout le reste de ta vie. Je n'aimerais pas être dans ta peau.

— Fanny, chuchota-t-il sentant soudain les larmes emplir ses yeux. Ne crois-tu pas que je souffre de cela depuis plus de quatorze ans ? Je suis attaché à cet enfant, et je ne le connais même pas. Imagine un peu ce que je peux ressentir…

— Franchement, je n'ai pas envie de me mettre à ta place, alors que tu n'as jamais daigné te mettre à la mienne. Et quand je t'ai dit que je ne t'en voulais pas pour ton attitude durant notre mariage, je le pensais sincèrement. Par contre, une chose est parfaitement claire. Jamais je ne te pardonnerai ton comportement au moment de la mort de Léo.

— De quoi parles-tu exactement ? Je ne comprends pas…

— Si tu ne le sais pas, ce n'est pas à moi de te l'expliquer, fit-elle, la rancœur au ventre.

Elle s'en voulait terriblement de s'être laissé attendrir par Gabriele. Bien entendu, son magnétisme si particulier n'y était pas étranger. Mais après tout ce qu'il lui avait fait, elle trouvait qu'il s'en tirait un peu trop bien à son goût. En effet, quelques excuses et une larme à l'œil ne pourraient jamais lui faire oublier à quel point il s'était mal conduit quand elle avait perdu leur enfant. Qu'il ne l'ait jamais aimée, elle pouvait l'accepter et sans doute le comprendre. Mais qu'il ait agi de la même manière avec Léo qui était aussi son fils, alors, ça non ! C'était absolument impardonnable.

— Si tu ne m'en veux pas pour l'accident ni pour mon attitude durant notre mariage, qu'est-ce que j'ai bien pu faire, qui justifie autant de haine ? s'écria Gabriele.

Il désirait, plus que tout une réponse, mais il redoutait également le pire, car il était bien conscient que Fanny n'était pas le genre de personne à lui tenir rigueur juste pour le plaisir de faire la tête. Par ailleurs, il avait l'impression qu'une ou plusieurs pièces du puzzle lui manquaient, et il fallait à tout prix qu'il sache pour comprendre.

Il se rapprocha de sa femme et la prenant par les épaules, la secoua légèrement les lèvres pincées. Elle refusait toujours de lui parler. Il décida de jouer la carte de la provocation, en désespoir de cause.

— Alors, qu'est-ce que j'ai fait, hein ? Réponds-moi, ou je vais finir par croire que tu es restée la gamine immature que j'ai connue, il y a quinze ans, ironisa-t-il avec la plus parfaite mauvaise foi.

— Comment oses-tu, espèce de tordu ? lui lança-t-elle enfin, en rage. Tu veux savoir ce que tu as fait ? Très bien, tu vas être servi. Le jour où j'ai accouché de Léo, ce fut dans d'horribles souffrances, puisque je n'avais pas droit à une anesthésie en raison des blessures causées par l'accident. Le travail a duré des heures et des heures, et c'est Gianni qui m'a tenu la main pendant que tu cuvais tranquillement dans ta chambre. Et comme si ça ne suffisait pas, je ne t'ai pas vu une seule fois à la clinique pendant tout le temps où j'ai été hospitalisée ! Tu trouves normal que ton frère ait été pris pour mon mari et que ce soit à lui qu'on ait demandé de couper le cordon ombilical ? Mais même ça, j'aurais pu le pardonner ! Par contre…

— Quoi d'autre ? Qu'est-ce que j'ai fait encore ? riposta Gabriele, que ce flot d'accusations rendait tellement honteux, qu'il réagissait par l'agressivité, même si en cet instant, cela lui parut totalement inapproprié.

— Tu n'étais pas là le jour des funérailles de Léo, expliqua-t-elle d'une voix blanche qui contenait de tels accents de chagrin, qu'il en fut tétanisé. Après son inhumation, je suis revenue à Milan, pour te dire à quel point ton attitude m'avait déçue et choquée. C'est encore ton frère qui m'a emmenée jusqu'à ton appartement. Il m'attendait dehors pour me ramener à Paradiso. Quand je suis entrée, j'ai entendu des bruits feutrés, continua-t-elle le regard perdu dans ses souvenirs. Je me suis dirigée vers la chambre, et là, je t'ai vu. Tu n'étais pas seul…

— Pardon ? articula Gabriele, la bouche soudain pâteuse.

— Tu étais avec Sofia, en train de t'envoyer en l'air dans notre lit.

— Ce n'est pas vrai ! Ce n'est pas possible ! s'écria-t-il incapable de penser qu'il avait pu aller jusque là.

Mais si ce que lui racontait Fanny était la vérité, il était un horrible monstre !

— Je ne mens pas, Gabriele, asséna-t-elle sur un ton dangereusement calme. Tu étais allongé sur le lit, nu, et elle te faisait… Enfin, tu comprends ce que je veux dire… Puis, vous avez eu une relation sexuelle. Ça, je l'ai vu de mes propres yeux. Après, je suis partie, pour ne plus jamais revenir. C'était terminé. Tu avais enfin obtenu ce que tu souhaitais n'est-ce pas ? Tu n'attendais que cela ! Si je te quittais, tu pouvais retrouver ta petite vie de gosse de riches, et tomber toutes les nanas qui te faisaient envie, la conscience tranquille. Il me semble quand même que notre fils ne méritait pas cela. Maintenant, tu sais tout. Tu comprendras que jamais je ne pourrai pardonner. Tu pensais probablement que je n'étais au courant de rien, puisque tu n'as jamais appris que je m'étais rendue chez toi, ce jour-là. Mais crois-moi, la réalité aussi sordide soit-elle, m'a frappée en pleine face au moment où je suis arrivée sur le seuil de la chambre. Oh, je me doutais que tu me trompais, même si je refusais de l'admettre. Mais le jour de l'enterrement de notre enfant ! Ça, non. Je n'aurais jamais pu l'imaginer si je ne l'avais pas vu. Il m'a fallu des années pour m'en remettre, et encore, il me semble que ce n'est pas toujours le cas. Tu m'as tellement blessée, que j'en suis probablement marquée pour le reste de ma vie. Dans ces conditions, ta présence est indésirable ici. Maintenant, je te demande de partir pour ne plus jamais revenir, ajouta-t-elle en se dirigeant vers l'entrée.

Elle s'était exprimée d'une voix calme, mais la douleur qu'il y percevait le laissa complètement accablé. Elle ouvrit la porte. Il n'eut pas d'autre choix que de prendre ses affaires et de la suivre vers la sortie. Fanny attendit les yeux baissés qu'il quitte les lieux. Il s'exécuta à son grand soulagement et passa devant elle sans un mot.

Pourtant, sur le palier, il se tourna vers elle une dernière fois et elle put apercevoir son air hagard. Son teint était devenu grisâtre et il avait le regard brillant comme s'il se retenait de pleurer. Ses lèvres étaient pincées et elle vit que ses mains tremblaient tandis qu'il les fourrageait dans ses cheveux en essayant par tous les moyens de retrouver un semblant de contenance.

Fanny fut soudain prise d'un élan de compassion et voulut le rappeler, lui demander de revenir à l'intérieur de son appartement pour qu'il attende quelques instants, le temps pour lui de se ressaisir. Au moment où elle allait ouvrir la bouche, ses yeux se posèrent malgré elle sur les bracelets qu'elle portait en permanence, afin de dissimuler les cicatrices qui couvraient l'intérieur de ses poignets.

Alors, se redressant, elle referma la porte avant qu'il ait pu prononcer le moindre mot qui pourrait la faire changer d'avis. Non, elle n'aurait pas pitié de lui ! En avait-il eu pour elle ? Pas une seule fois, il n'avait demandé de ses nouvelles durant les longs mois de son hospitalisation. Il était retourné à sa petite vie, sans un regret et surtout sans une once de compassion pour elle et pour leur fils mort.

Donc maintenant, qu'il se débrouille avec sa conscience. Ce n'était plus son problème. Elle avait chèrement acquis son autonomie et un semblant de sérénité, et il n'était pas question qu'elle expose à nouveau son cœur à celui qui l'avait totalement détruite.

6

Dans le couloir, Gabriele se dirigea comme un automate vers l'ascenseur. Son esprit était dans le brouillard le plus épais, comme s'il refusait de prendre la pleine mesure des paroles prononcées par Fanny.

D'un pas lourd, il quitta l'immeuble dans un état second, se remit au volant de la berline et conduisit en direction de l'aéroport. Il eut beaucoup de chance, car habituellement le vendredi soir tous les vols étaient complets. Néanmoins, on lui proposa une place sur un avion vers Lyon, suivi d'une correspondance pour Milan. Moins d'une heure plus tard, il embarquait pour l'Italie.

Il ne sut jamais comment il était rentré chez lui tant ses idées étaient confuses. La réalité était encore pire que ce qu'il avait pu imaginer. Il se demanda si finalement il n'aurait pas préféré rester dans l'ignorance, comme cela avait été le cas ces quatorze dernières années. Non ! Enfin, quelqu'un avait eu le courage de lui révéler ce qui s'était vraiment passé le jour des obsèques de son fils.

Pourtant son frère devait être au courant, son père aussi, cela ne faisait aucun doute. Pourquoi n'avaient-ils pas parlé ? Il n'avait jamais rien su, pas même, que Gianni avait assisté à l'accouchement de Fanny.

Il se remémora qu'à l'époque il n'avait pas aimé l'intérêt que celui-ci manifestait à sa femme. Ce dernier se rendait souvent à Paradiso en semaine, alors que lui-même était à Milan. D'ailleurs le jour de leur mariage, il avait couvé Fanny d'un regard ardent toute la soirée. Toutefois, il connaissait bien son frère et ne doutait pas un instant que la relation qu'il avait entretenue avec elle, était purement platonique. Mais cela ne l'avait pas empêché d'éprouver une pointe de jalousie envers lui. Avec les années, plus jamais il n'avait été question d'elle lors de leurs conversations, et il avait oublié l'attitude équivoque de son cadet.

Gabriele s'affala lourdement dans le canapé du salon de son appartement. Enfin, il réalisait ce qu'impliquait son comportement immonde envers Fanny. Il se dégoûtait à un point tel, qu'il en aurait vomi. Jamais plus, il ne pourrait se regarder dans une glace. Comment avait-il pu ? Comment avait-il osé agir ainsi ? Il se faisait l'effet d'être un monstre d'une perversité absolue.

Il avait toujours cru que Fanny lui en voulait pour l'accident. C'était d'ailleurs pour cela qu'il n'était pas venu à l'hôpital. Il avait eu tellement honte de lui. Lorsqu'il avait appris la mort de son fils, c'était trop tard. Le jour même, il s'y était pourtant rendu, mais arrivé devant la porte de sa chambre, il n'avait pas osé entrer, persuadé d'avoir provoqué le décès de leur enfant.

Avec quel soulagement, il avait accueilli le pardon de sa femme quelques heures auparavant. Toutefois, lorsqu'elle avait poursuivi, il n'avait pas pu en croire ses oreilles. Mais Fanny n'était pas une menteuse, il le savait. Elle avait dit vrai, et s'il avait pu avoir un seul doute à ce sujet, la souffrance qu'il avait lue sur son visage quand elle lui avait révélé la vérité, lui avait confirmé l'inacceptable.

Incapable de réfléchir plus avant, écœuré de son attitude passée, il prit cependant le temps de téléphoner à son père pour lui demander de le remplacer pour les deux semaines à venir. Maurizio ne posa aucune question, même s'il devait en mourir d'envie. Toutefois, le timbre de la voix de son fils dut l'en dissuader. Par ailleurs, il n'allait pas refuser un peu d'activité alors que l'oisiveté lui pesait depuis qu'il était à la retraite. Gabriele raccrocha rapidement, puis appela sa gouvernante afin de lui donner une semaine de congé.

Enfin débarrassé de ces corvées, il aligna consciencieusement toutes les bouteilles d'alcool, qui se trouvaient chez lui, sur la table du salon et commença à s'enivrer. Il n'avait plus abusé de la boisson depuis plus de quatorze ans. Mais ce soir, il avait besoin d'oublier. Deux heures plus tard, il tombait ivre mort sur son lit.

7

Pendant ce temps, à Nantes, Fanny n'arrivait pas à trouver le sommeil. Elle avait beau se tourner et se retourner, rien n'y faisait. Le visage ravagé de celui qui était encore son époux la hantait. Il avait paru totalement abasourdi par son propre comportement, comme s'il n'avait gardé aucun souvenir de ce qui s'était passé.

C'était quand même inouï ! Il devait forcément se rappeler quelque chose, même s'il avait sans doute bu, ce jour-là. Lorsqu'ils étaient mariés, Gabriele avait toujours aimé siroter un verre. Cela n'arrivait jamais en semaine, car il était trop absorbé par son travail. Mais le week-end, lorsqu'ils sortaient ou quand il se rendait seul à une fête quelconque, il ne se privait jamais. Toutefois, il n'en abusait que rarement. L'unique fois où elle l'avait vu ivre-mort, c'était le soir de leurs noces. De toute évidence, l'idée de l'épouser lui avait tellement déplu, qu'il avait noyé son désespoir dans l'alcool.

Quelque chose clochait, mais quoi ? Elle savait ce qui s'était passé, elle était là et elle n'était pas folle ! Malgré tout, aussi invraisemblable que cela puisse paraître, elle avait terriblement envie de penser qu'il n'était peut-être pas totalement responsable de ses actes. Était-ce pour cela qu'elle cherchait une faille à sa décharge, une circonstance atténuante ?

Le problème, clairement, avait été sa réaction quand elle lui avait révélé avoir été témoin de cette scène ignoble. Gabriele avait beaucoup de défauts, et non des moindres, mais lorsqu'il commettait une erreur, il l'assumait. Il l'avait épousée malgré sa réticence. Il avait également endossé la responsabilité de l'échec de leur mariage ainsi que de l'accident qui avait provoqué son accouchement prématuré et par conséquent coûté la vie à leur enfant –drame pour lequel il n'avait du reste aucun tort si ce n'était d'avoir été au mauvais endroit, au mauvais moment–. Il n'avait nié aucun des faits qu'elle lui avait reprochés.

Alors pourquoi son attitude au moment de cette ultime révélation l'interpelait-elle ? Elle avait la sensation désagréable de lui avoir appris quelque chose qu'il ignorait. Et cette vérité semblait l'avoir profondément ébranlé, comme s'il avait pris soudain conscience de ce qu'impliquait son comportement ce jour-là. Mais il savait forcément. Il y était. Elle l'avait vu de ses propres yeux. Tant de questions se bousculaient dans sa tête, qu'elle en avait la migraine.

L'épuisement eut raison d'elle, alors que l'aube pointait. Son sommeil fut agité et peuplé de cauchemars terrifiants. L'un d'eux semblait plus réel que les autres. Elle marchait dans un couloir sombre, appelant Gabriele et Léo. Au bout de ce corridor où elle avait l'impression d'avoir couru pendant des heures, elle poussa une porte. Elle devait trouver son mari et son bébé, sinon il arriverait malheur ! En entrant dans la pièce, elle les vit sur le lit, Sofia assise sur lui. Soudain, la rousse se tourna vers elle, riant d'une manière totalement démoniaque, la tête renversée en arrière. Lorsque son regard se posa sur Gabriele, celui-ci pivota et elle aperçut un crâne de squelette à la place de son visage. Terrifiée, elle se mit à hurler, et s'éveilla en sursaut, tremblante. Quel rêve horrible !

Décidément, la visite de Gabriele l'avait perturbée bien plus qu'elle ne l'avait pensé. Une peur panique la gagna. Elle ne voulait surtout pas prendre le risque de s'égarer à nouveau. Elle était devenue une femme forte, qui avait réussi à se bâtir une existence équilibrée en traversant un champ de ruines. Elle y avait laissé au passage toute la candeur et la naïveté de son jeune âge, et surtout, elle avait failli y perdre sa raison et sa vie.

Cette erreur commise dans un moment de désespoir total lui avait servi de leçon, mais la reconstruction avait été lente et douloureuse. Elle ne voulait plus jamais revivre cela.

Incapable de se rendormir, elle se leva, enfila un survêtement et sortit en direction du jardin des plantes, où elle courut pendant plus d'une heure. Seul l'exercice physique l'aidait à extérioriser ses angoisses et depuis près de douze ans, elle s'adonnait au footing ou à la natation plusieurs fois par semaine. À son retour, elle prit une douche et un petit-déjeuner léger tout en écoutant les informations à la radio, d'une oreille distraite.

Puis, incapable de se concentrer sur quoi que ce soit, elle empoigna son panier et se rendit au marché couvert afin d'y effectuer quelques achats pour le week-end. Il n'était plus question de partir à Paris comme prévu. Pas dans cet état d'esprit.

En fait, une impression dérangeante ne la lâchait pas. Quelque chose clochait. Son cerveau bouillonnait à toute vitesse cherchant inlassablement ce qui la tracassait, car elle sentait au fond d'elle-même qu'elle détenait la clé de ce mystère, mais n'arrivait pas à l'identifier. Cela la rendait angoissée et stressée de manière indescriptible.

À son retour, elle essaya tant bien que mal de préparer ses cours du mardi suivant, mais y renonça rapidement. Il y avait tout lieu de croire qu'elle ne serait bonne à rien aujourd'hui. Il fallait impérativement qu'elle se sorte toutes ces idées de la tête et qu'elle se calme ! Les faits étaient les faits, et quoi qu'elle en dise ou qu'elle en pense, elle avait vu Gabriele ce jour-là, et rien ne changerait cela.

Vers midi, elle se rendit dans la cuisine pour se confectionner un sandwich. La radio fonctionnait toujours. Alors qu'elle rangeait les ustensiles dans le lave-vaisselle, le commentateur annonça les titres qui faisaient l'actualité du jour. *« L'agresseur des discothèques a enfin été arrêté après plusieurs mois d'enquête. Cet homme, représentant de commerce, droguait ses victimes à leur insu. Il ajoutait du GHB aux boissons qu'il offrait à de jeunes femmes rencontrées lors de ses sorties nocturnes. Cette substance, plus connue sous le nom de drogue du violeur, induit à petites doses une désinhibition et à fortes doses un état hypnotique et souvent une amnésie. C'est la raison pour laquelle, la police n'arrivait pas à identifier le criminel. En effet, ses victimes ne se souvenaient que très vaguement, voire pas du tout, de lui. Il a cependant commis une erreur, puisque sa dernière proie avait renversé malencontreusement une partie de son verre. Les effets de la drogue ont par conséquent été atténués. La jeune femme n'a pas pu se défendre, mais elle a formellement identifié son agresseur qui.... »*

Le bruit d'une assiette qui tombait sur le sol avec fracas couvrit les paroles du journaliste. Debout devant son évier, Fanny était en état de choc. Elle avait enfin compris ce qui la taraudait depuis la veille. Une nausée subite envahit la jeune femme, et elle eut tout juste le temps de se précipiter dans la salle de bain et de se pencher sur la cuvette des toilettes, avant de vomir jusqu'à en avoir des crampes d'estomac.

Épuisée, elle se releva et se rafraîchit le visage. Puis tant bien que mal, elle se rendit dans la chambre et s'allongea, tremblante comme une feuille. Ce dont elle venait de prendre conscience, était absolument terrifiant et pourtant lui apparaissait désormais comme une évidence. Elle comprenait maintenant la signification de son cauchemar.

D'une manière ou d'une autre, Sofia avait dû droguer Gabriele, elle en était certaine. Et cet élément lancinant sur lequel elle n'avait pas réussi à mettre le doigt était là, dans sa tête, depuis quatorze ans. Elle ne l'avait pas réalisé avant la veille, mais aujourd'hui il lui éclatait en pleine face.

Durant les quelques instants où elle avait assisté à cette scène terrible dans la chambre de l'appartement milanais de son mari, elle n'avait pas pris garde au fait que ce dernier n'avait bougé à aucun moment. Il était allongé, les yeux ouverts, mais même ses mains n'avaient esquissé aucun mouvement. Pourtant, elle le connaissait intimement et savait que Gabriele était un amant généreux, qui distribuait les caresses sans compter et avait l'art et la manière de rendre une femme folle de désir. Par ailleurs, il aimait être en position dominante, prendre l'initiative. Cela avait toujours été ainsi entre eux. Alors pourquoi cette apathie ? Elle se repassait inlassablement la scène dans la tête et avec une clarté telle, que cela lui donnait l'impression, qu'elle venait de se produire. Jamais, elle n'en avait oublié une seule seconde.

Fanny se redressa brusquement. Pour le moment, elle n'avait que des présomptions. Mais, plus elle y pensait, plus celles-ci se muaient en certitudes. Pour autant, ce n'était pas à elle de mener l'enquête. De plus, après les accusations qu'elle avait lancées à la figure de son mari, elle se sentait un peu honteuse de revenir dessus. Et puis, elle n'avait pas son numéro de téléphone, comment aurait-elle pu le contacter ?

Néanmoins, il lui fallait trouver une solution. Elle ne pouvait pas laisser Gabriele penser qu'il avait agi de manière aussi ignoble, alors qu'il avait peut-être été la victime d'une prédatrice de la pire espèce.

À mesure que le temps passait, un plan d'action germa dans sa tête. Puis, une fois que tout fut mis au point, elle attrapa son téléphone et appela Angela. Par chance, celle-ci décrocha tout de suite. Il lui fallut prendre sur elle pour lui raconter la visite de son frère, ainsi que leur conversation douloureuse. Dans la mesure où elle n'avait jamais rien dit à quiconque, elle dut également revenir sur ce qui était arrivé quatorze ans plus tôt.

La sœur de Gabriele fut extrêmement choquée par le récit de son amie, mais ne le mit en doute à aucun moment. Elle regretta seulement que Fanny ait eu à porter ce fardeau seule, durant toutes ces années. Lorsque son amie lui répondit simplement qu'elle n'avait en aucun cas souhaité la monter contre son propre frère, elle comprit que ce silence avait été dicté par amitié et non par manque de confiance.

Pour finir, Fanny lui expliqua ce qu'elle attendait d'elle, et à son grand soulagement, Angie accepta de l'aider avec empressement. Cette dernière, tout comme elle, voulait penser que Gabriele était une victime et non le coupable d'un acte inqualifiable.

Lorsqu'elle eut raccroché, Fanny appela une société de transport international. Elle paya le prix fort en échange de quoi, un coursier devait passer à son domicile une heure plus tard, pour récupérer un colis qui serait livré à Milan chez son amie en fin de journée.

Ensuite, elle se dirigea vers sa chambre, et y prit un album soigneusement emballé dans un voile de soie et glissé dans une boîte en carton. Elle recouvrit l'ensemble de papier bulle puis confectionna un paquet en Kraft sur lequel elle indiqua le nom de la destinataire.

Une fois le transporteur reparti, elle ressentit un grand vide. Le reste ne dépendait plus d'elle. Elle s'était simplement souvenue d'un fait que tous ignoraient et espérait sincèrement que cela aiderait Gabriele à faire la lumière sur ce qui s'était réellement passé ce jour funeste. S'il arrivait à prouver son innocence, alors la boucle serait bouclée, et il retrouverait cette estime de lui-même qu'il semblait avoir perdue depuis longtemps.

De plus, elle en sortirait grandie. Cela signifierait qu'elle avait enfin fini de vivre dans la rancœur et parviendrait peut-être à nouveau à faire confiance à un homme. Mais si ce qu'elle pensait se révélait être la vérité, cela reviendrait à dire également que durant des années, elle avait enduré des souffrances pour rien. Non, pas pour rien, se raisonna-t-elle. Car même si elle se reprochait de n'avoir pas perçu les zones d'ombres de cette affaire plus tôt, elle savait aussi que le chagrin provoqué par la mort de son fils en était très probablement la cause. Elle avait vu en Gabriele un monstre, parce qu'elle avait voulu le considérer ainsi. Son esprit égaré par la douleur avait décidé de ne prendre en compte que ce qui l'arrangeait. La colère et l'amertume avaient peu à peu remplacé la peine de cette perte, la rendant en quelque sorte plus supportable.

Il était évident que la dépression dont elle avait souffert pendant près de deux ans l'aurait frappée quoiqu'il arrive. Il n'était pas naturel pour une mère de voir mourir son enfant. À cela s'ajoutait un sentiment de culpabilité intense pour avoir provoqué leur dispute en voiture ainsi qu'un mal-être qui l'avait peu à peu gagnée depuis son mariage. Il devenait alors inévitable qu'elle s'effondre. Il aurait fallu qu'elle forme un couple soudé par un amour solide et réciproque avec Gabriele pour espérer en réchapper. Et là encore…

8

À Milan, un bruit strident obligea Gabriele à émerger des brumes où l'avaient plongé l'excès d'alcool et le manque de sommeil. Une migraine lancinante lui comprimait les tempes, et la lumière du jour ajoutée au son aigu de la sonnerie, lui donnait la nausée. Tant bien que mal, il se leva et tituba jusqu'au téléphone qui se trouvait sur une commode de la chambre. Pourquoi diable n'avait-il pas pensé à le débrancher ? Maintenant, s'il voulait que ça cesse, il n'avait pas d'autre choix que de répondre.

— Oui, grogna-t-il d'une voix pâteuse.

— Gabriele ! s'exclama sa sœur. Enfin, j'arrive à te joindre. Ce n'est pas trop tôt, tu avais coupé ton portable !

— Pas si fort, s'il te plaît. J'ai l'impression d'avoir une casquette de plomb sur la tête !

— Ça, c'est ce qui s'appelle avoir la gueule de bois ! Alors, je te laisse une heure pour émerger, et ensuite je viendrai te voir avec Gianni et Emilio. Nous devons te parler et c'est important.

— Eh bien, ça attendra un autre jour, parce que je ne suis pas en état de…

— C'est bien pour cela que je te préviens ! Il me semble qu'une heure, c'est largement suffisant pour prendre une douche, un café et deux cachets d'aspirine. Allez, à tout à l'heure…

Sans lui laisser l'opportunité de protester, elle raccrocha. Gabriele fourra une main lasse dans ses cheveux. Comme s'il avait besoin de cela ! D'ailleurs quel jour était-on ? Depuis qu'il était rentré le vendredi précédent, il avait perdu toute notion du temps. En consultant sa montre, posée sur le chevet, il constata avec étonnement qu'il avait passé deux jours entiers à noyer sa honte et son chagrin dans l'alcool. En ce lundi matin, la stupidité de son comportement le frappa. S'abrutir ainsi ne l'aiderait en rien. Il fallait qu'il réfléchisse, à tête reposée, à tout ce qui était arrivé et surtout qu'il trouve une solution pour que Fanny lui pardonne l'inexcusable. Ce ne serait pas facile, mais en même temps, il se souvenait parfaitement avoir aperçu une lueur de compassion dans son regard juste avant qu'elle ne ferme la porte de son appartement.

Tout n'était peut-être pas perdu, d'autant que le fait de l'avoir revue lui avait causé un sacré choc. Jusqu'à cet instant, il avait volontairement occulté cet aspect de leur rencontre.

Mais s'il était vraiment sincère avec lui-même, il devait admettre qu'il se sentait toujours aussi attiré par elle. Son odeur, son joli visage en forme de cœur, son corps fin et souple. Tout en elle lui plaisait. Comme autrefois. Peut-être même plus qu'avant. Car il avait eu face à lui, une personne sûre d'elle, qui avait réussi plus que brillamment et qui était loin de la jeune fille timide et effacée qui avait été son épouse. Celle qu'elle était devenue l'attirait comme peu de femmes au cours de sa vie. Il commençait sérieusement à se demander s'il n'avait pas fait la plus grosse erreur de son existence, en la laissant partir quatorze ans auparavant sans rien faire pour la retenir. C'était la première fois qu'il regrettait autant cette séparation qu'il avait cru être la meilleure chose à faire après la mort de Léo.

Rapidement, il se dirigea vers la cuisine où il se prépara un expresso qu'il but avec deux cachets d'aspirine. Puis il prit une douche, se rasa et s'habilla d'un jean et d'un tee-shirt. En pénétrant dans le salon, il suffoqua en sentant les relents d'alcool qui empestaient l'air. Il ouvrit les rideaux, ainsi que les fenêtres. La table basse était jonchée de cadavres de bouteilles. Bon sang ! En avait-il bu autant ? En retournant vers la cuisine, il s'empara d'un grand sachet poubelle et se mit à ranger l'appartement dont il aéra toutes les pièces en grand. Sa migraine commençait à s'atténuer grâce aux médicaments et à l'air frais qui s'engouffrait à l'intérieur.

Une demi-heure plus tard, lorsque la sonnerie de la porte d'entrée se fit entendre, son logement avait retrouvé un semblant de propreté. Sans comprendre pourquoi, il redoutait la visite de ses frères et de sa sœur. Il devait s'agir d'un problème grave. Pourquoi se seraient-ils déplacés ensemble sinon ? Il espéra que leur rencontre serait brève, car s'il les aimait beaucoup, il avait besoin de rester seul pour réfléchir sérieusement. Il savait déjà que le fait d'avoir revu Fanny avait radicalement bouleversé son état d'esprit. De quelle manière ? Il l'ignorait, mais il ressentait pour la première fois de sa vie un impérieux désir d'introspection.

Une fois qu'il eut installé ses visiteurs dans le séjour, et alors qu'il cherchait du café, Angela le rejoignit dans la cuisine et sans raison aucune, le serra dans ses bras. Il eut d'abord un léger mouvement de recul face à ce geste si inattendu, puis accepta et même lui rendit son étreinte.

— En quel honneur ce câlin ? interrogea-t-il en faisant la moue pour cacher à quel point cela le touchait.

— Viens, au salon… Nous avons beaucoup de choses à te dire, et quelques excuses à présenter. Je pense que tu te sentiras nettement mieux après…

De plus en plus intrigué, il la suivit et prit place dans un fauteuil face à ses frères installés sur le canapé. Angela s'affala dans le second, près du sien. L'appartement de Gabriele était situé dans un immeuble ancien de la Via Napoléone au centre de Milan. Avec ses hauts plafonds et ses meubles d'antiquaire, il respirait le luxe comme tout bon signe extérieur de richesse qui se respecte. Il en avait toujours tiré une grande fierté lorsqu'il y avait reçu ses relations.

Aujourd'hui, ce sentiment lui parut être le comble de la superficialité. Il n'avait plus besoin de cela pour savoir qu'il avait réussi dans la vie.

D'ailleurs, lorsque sa famille serait partie, il appellerait une agence immobilière pour le mettre en vente, et en achèterait un autre, plus petit et plus fonctionnel. Il n'était aucunement question de rester ici, alors que tant de mauvais souvenirs y étaient rattachés.

Alors qu'Angela semblait chercher ses mots, il perçut à quel point tous trois étaient mal à l'aise. Mais que se passait-il donc ? Finalement, sa sœur se décida.

— Voilà. Fanny m'a téléphoné samedi matin, et elle m'a parlé de votre rencontre. Et…

— Que t'a-t-elle dit exactement ? interrogea Gabriele, immédiatement sur la défensive.

— Tout…

— Comment ? s'exclama-t-il profondément choqué.

Jamais il n'aurait pensé que Fanny ait pu être capable d'un tel manque de discrétion !

— En fait, Gianni et Emilio savaient déjà. Fanny ne m'a jamais rien raconté parce qu'elle ne voulait pas que j'aie une mauvaise opinion de toi. C'est très bien de sa part. Mais…

— Vous étiez au courant ? demanda-t-il en se tournant vers ses frères.

— Moi je connaissais la vérité, répondit Gianni. Le jour de l'enterrement, j'ai observé à quel point elle était horrifiée lorsqu'elle est ressortie de votre appartement. Je l'ai déposée chez papa comme elle le souhaitait, et je suis revenu ici. Quand j'ai croisé

Sofia qui quittait l'immeuble avec un sourire plein de satisfaction et que je t'ai vu endormi nu dans ton lit, j'ai tout de suite saisi l'ampleur du désastre. Comme je ne savais pas quoi faire, je suis allé demander conseil à Emilio. Nous avons décidé d'un commun accord de ne rien dire à personne, pour ne pas nuire à ta réputation. Tu comprends… Ta carrière était prometteuse, mais un tel scandale l'aurait détruite définitivement. C'est pour toi que nous avons agi ainsi.

— Merci. Mais pourquoi ne pas m'en avoir parlé ? Vous auriez eu cent fois l'occasion d'aborder la question, non ?

— Nous ne voulions pas que tu puisses être mal à l'aise, intervint Emilio. Tu es notre frère et notre devoir était de te soutenir quoiqu'il arrive.

— Alors, pourquoi m'en faire part maintenant ?

— À cause de l'appel de Fanny, intervint Angie. Elle…

— Elle n'avait pas le droit de vous mêler à cela ! Le pire dans cette histoire, c'est que pour moi c'est le trou noir, j'ai tout oublié ! C'est terriblement frustrant, de savoir que j'ai agi aussi mal, mais de ne pas pouvoir l'assumer parce que je ne me souviens de rien. Absolument rien ! Vous n'imaginez pas à quel point, ce que Fanny m'a raconté, m'a choqué ! Je me sens tellement moche !

– Justement, reprit sa sœur. Samedi, lorsqu'elle m'a téléphoné, elle était dans tous ses états. En voyant ta réaction, elle a été… comment dire… sujette à des doutes. Et le lendemain après une nuit presque blanche, elle s'est brusquement souvenue d'un détail qu'elle n'avait pas relevé, parce qu'à l'époque, cela lui semblait sans importance. Mais avec le recul, elle s'est rendu compte que les choses n'étaient peut-être pas ce qu'elles paraissaient.

— Qu'est-ce que tu veux dire par là ?

— Excuse-moi de me mêler de votre vie intime, mais… Fanny se rappelle très bien la scène. Elle ne l'a jamais oubliée et on peut la comprendre. Ce n'est pourtant que samedi qu'elle a pris conscience d'une particularité qu'elle n'avait jamais relevée auparavant, à savoir que tu étais totalement immobile…

— Et alors ?

— Eh bien… C'est là que je suis affreusement gênée… Mais bon… D'après Fanny, tu es un amant très euh… dominateur et sûrement pas impassible. Bref, tu as toujours pris les initiatives pendant… euh… enfin, tu vois ce que je veux dire.

— Je répète. Et alors ?

— Le fait que tu ne sembles te souvenir de rien l'a vraiment interpelée, et elle se demande si Sofia ne t'a pas drogué…

— Quoi ?

— Fanny la soupçonne de t'avoir administré du GHB à ton insu. Tu sais ce que c'est, non ?

— Bien sûr, c'est la drogue du violeur.

— C'est ça ! Cela expliquerait ton immobilité inhabituelle et surtout que tu n'aies gardé aucun souvenir de cette journée.

— C'est vraiment ce qu'elle pense ? interrogea Gabriele, pour qui une lueur d'espoir venait de s'allumer, et était en train de le gagner tel un feu de joie.

— Mais oui ! C'est pour cela qu'elle m'a téléphoné, parce qu'elle ignorait comment te joindre. Et puis, elle est vraiment mal de t'avoir lancé ces horreurs en pleine face, alors que tu n'es pas forcément responsable.

— Ou peut-être que si ! Comment puis-je savoir, après toutes ces années ?

— C'est là que j'entre en scène, intervint Gianni en sortant un dictaphone de sa veste.

— Qu'est-ce que c'est que ça ? demanda son frère, en plissant les yeux, intrigué.

— Quand Angie est venue me voir, j'ai décidé d'appeler Sofia. Nous avons rapidement trouvé son numéro dans les anciens fichiers du cabinet. Nos voix se ressemblent et je me suis fait passer pour toi en imitant certaines de tes intonations. Alors, écoute bien ce qui va suivre.

Puis il le posa sur la table basse et actionna le bouton qui mettait l'appareil en marche.

— Allo, résonna la voix suraigüe de Sofia qu'il reconnut aussitôt et qui le fit frissonner de dégoût.

— Sofia, c'est Gabriele, répondit Gianni en imitant les intonations de son frère.

— Gabriele, mon chéri ! Que me vaut le plaisir ? Je me suis mariée, comme tu le sais. Mais si tu souhaites que nous ayons un peu de bon temps ensemble, je ne suis pas contre. Je t'ai aperçu l'autre soir à la Scala, et tu es toujours aussi craquant. Encore plus beau qu'avant !

— Je ne t'appelle pas pour cela, mais pour ce qui est arrivé, il y a presque quinze ans.

— Et que s'est-il passé ? fit-elle aussitôt sur la défensive.

— Tu le sais très bien. Tu m'as drogué, et tu as fait croire à ma femme que nous étions en train de coucher ensemble pendant que mon fils était mis en terre.

— Et c'est la vérité. Tu avais envie de moi, et moi aussi d'ailleurs. Je n'ai rien fait d'illégal ! Et même si c'était le cas, tu ne pourras jamais rien prouver, surtout après tout ce temps.

— C'est là que tu te trompes. Les caméras du système de sécurité de l'appartement ont tout enregistré, et j'en ai gardé une copie.

— Tu te moques de moi ? Ne me prends pas pour une idiote ! Si tu avais ces bandes vidéo, pourquoi ne t'en es-tu pas servi avant ? Tu aurais pu les montrer à ta femme, ça l'aurait sûrement fait revenir. Mais jusqu'à nouvel ordre, vous n'êtes plus ensemble. Voilà des années que je suis ta vie sentimentale de près…

— Et pourtant ces enregistrements existent…

— Je ne te crois pas ! Et même si ce que tu affirmes est vrai, il y a prescription. Je te rappelle que j'ai travaillé pour toi, et j'ai retenu deux ou trois choses.

— Il n'est pas question d'action en justice, mais plutôt d'envoyer ces vidéos à ton mari, pour qu'il comprenne enfin quelle est la réelle nature de sa petite épouse adorée…

— Tu n'oserais pas. Tu bluffes !

— Libre à toi de penser ce que tu veux. Tu ne diras pas que je ne t'ai pas prévenue. Au revoir,

Sofia, et commence à te préparer à retourner d'où tu viens, c'est-à-dire le caniveau.

— Attends ! Que désires-tu, Gabriele ? De l'argent ?

— Non, j'aimerais juste que tu me racontes ici et maintenant ce que tu m'as fait, et pour quelle raison.

— Et après tu me laisseras tranquille ?

— Tu as ma parole.

— Très bien. Oui, je me suis procuré du GHB. Ma sœur travaillait dans un laboratoire de la police, c'était facile pour moi. Je l'ai versé dans ton whisky quand tu es allé me chercher un café dans la cuisine, puis je t'ai emmené dans la chambre et j'ai attendu qu'elle arrive. J'étais sûre qu'elle viendrait.

— Mais pourquoi ?

— Parce que si moi je ne pouvais pas t'avoir, alors elle ne devait pas t'avoir non plus ! Tu m'as quitté pour elle. Je sais compter, et c'est au moment où nous avons rompu que ton fils a été conçu. Croyais-tu vraiment que j'allais accepter ça sans me venger ?

— Mais tu es une grande malade Sofia ! As-tu conscience que tu as détruit toute ma vie ?

— Rien ne s'est passé comme prévu. Je pensais qu'une fois qu'elle serait partie, tu me reviendrais. Mais tu as recommencé à papillonner à droite et à gauche, alors j'ai épousé Renzo. Il est vieux et laid, mais il a de l'argent et c'est tout ce qui compte. Maintenant que tu as eu ce que tu voulais, ne me rappelle plus jamais !

La tonalité du téléphone emplit la pièce. Tous observaient le silence, tant ce qu'ils venaient d'entendre était énorme. Soudain, Gabriele se leva et les yeux brillants de larmes, prit son frère dans ses bras. Il l'étreignit comme un naufragé s'accroche à une bouée de sauvetage. Il se sentait d'un coup tellement mieux ! Non, il n'était pas un monstre sans cœur !

— Merci, murmura-t-il d'une voix tremblante qui trahissait son émotion. Merci pour tout ! Je te dois mon honneur ! Tu ne sauras jamais à quel point, je te suis reconnaissant.

— Ce n'est pas qu'à moi que tu dois des remerciements. Si Fanny n'avait pas téléphoné pour nous parler de ses soupçons, rien de tout cela n'aurait pu se faire.

— Tu as raison. Mais ce que je ne saisis pas, c'est pourquoi maintenant. Mettez-vous à ma place, tout cela remonte à tellement loin, et c'est aujourd'hui qu'elle a des doutes.

— Moi je sais, intervint Angie. Fanny me l'a expliqué. En fait, elle a volontairement occulté cet épisode, parce qu'il lui rappelait la mort de Léo et elle s'en sent coupable.

— Mais de quoi ? s'exclama Gabriele sans comprendre.

— D'avoir provoqué votre dispute. Elle pense que si elle n'avait pas fait de scène, jamais vous ne seriez partis si tôt de la réception et vous n'auriez, par conséquent, pas eu cet accident.

— Oh non, gémit-il. Elle ne peut pas s'en vouloir pour cela. Depuis des années, je suis persuadé d'être responsable de la collision. Mon Dieu, quel désastre !

— Gabriele, murmura Gianni, soudain très gêné. Vous n'y êtes pour rien. Ni l'un ni l'autre. C'est moi l'unique fautif.

— Toi ? s'écria sa sœur. Mais qu'as-tu à voir là-dedans ?

— Assieds-toi, Gabriele. Étant donné que pour la première fois depuis des années, nous mettons cartes sur table, je dois vous avouer quelque chose qui pèse sur ma conscience, et qui m'empêche souvent de dormir la nuit.

— Je t'écoute, fit son frère en le scrutant attentivement.

— Le soir de la réception, je t'ai repéré avec cette grande blonde. Vous flirtiez outrageusement, et je t'en voulais terriblement de te comporter ainsi envers Fanny. Alors, je l'ai emmenée prendre l'air, et je me suis arrangé pour qu'elle te voie embrasser cette fille.

— Pourquoi ?

— Parce que j'étais amoureux de Fanny. J'ai conscience de ce que tu vas me dire, que c'était une rivalité entre frères, mais c'est faux. L'été où elle est venue à Lugano et où tu l'as séduite, je me suis follement épris d'elle. Elle était si jolie, si vive, si gaie… Je voulais attendre le printemps suivant pour la revoir, car je savais qu'elle avait un an de moins qu'Angie, et donc qu'elle était mineure. Je pensais lui faire la cour, et lui demander de m'épouser. Tout était planifié dans ma tête. Mais tu es arrivé, et en un jour, tu as détruit tous mes projets. Après l'été, je me suis dit que tout n'était peut-être pas perdu, qu'elle t'oublierait et que j'avais encore ma chance. Puis, sa mère est venue, et là, j'ai compris que tout était fini. Elle était enceinte de toi. Tu avais ravi son innocence, sans prendre la plus élémentaire des précautions. J'aurais pu te tuer ce soir-là ! Le jour de la noce, je ne cessais de me répéter que ce n'était pas normal, que c'était moi qui aurais dû être à ta place. Je voulais ne pas l'aimer, mais plus je me l'interdisais, et plus j'étais fou d'elle. Alors, j'allais la voir à Paradiso, où elle passait des semaines entières toute seule. Au début, c'était une fois de temps en temps, puis de plus en plus souvent. Je me contentais de la regarder, de la faire rire, et secrètement, je m'imaginais qu'elle était ma femme et que son enfant était le mien. Lorsqu'elle a accouché et que l'équipe médicale m'a pris pour son mari, je ne les ai pas détrompés. Et pendant quelques heures, j'ai vécu l'expérience la plus extraordinaire de toute ma vie. Puis Léo est mort, et je l'ai vue s'effondrer. Elle sombrait et je ne pouvais rien pour elle. C'était de toi dont elle avait besoin, et tu n'étais pas là. Bon sang, comme je t'ai haï ! Elle n'était plus que l'ombre d'elle-même quand elle est partie et je n'ai rien pu faire pour la retenir. Durant plusieurs années, je n'ai pas entendu parler d'elle, puis un jour j'ai découvert qu'Angie était à nouveau en contact avec elle. Alors j'ai voulu la revoir, pour me persuader que je ne ressentais plus rien. Fanny avait beaucoup changé, mais elle était plus belle que jamais.

Pendant un temps, j'ai cru que, peut-être, elle et moi… Enfin nous… Bref, un soir tandis que je la ramenais à l'aéroport, j'ai essayé de l'embrasser. Elle m'a repoussé gentiment, et nous avons eu une conversation avant qu'elle prenne l'avion. Elle m'a avoué s'être doutée de mes sentiments depuis le début, mais pour elle j'étais le grand frère qu'elle n'avait jamais eu. Que pouvais-je faire ? Rien. Alors j'ai accepté son amitié, et depuis il n'y a plus de malentendu. Je m'aperçois maintenant que j'avais, des années durant, fantasmé sur une femme qui n'était pas pour moi, sans vouloir passer à autre chose. J'aimerai toujours Fanny, et elle aura éternellement une place particulière dans mon cœur, mais désormais ce n'est plus d'elle dont je rêve la nuit. Je me sens mieux de t'avoir tout raconté et… Mon dieu, comme j'ai honte !

— Ne sois pas mal à l'aise, le rassura Gabriele en s'asseyant sur le bras du canapé et en lui entourant les épaules. Je l'avais deviné, et depuis longtemps je crois… C'est vrai que j'ai été odieux avec Fanny et je le regrette sincèrement. J'étais jeune, immature et terriblement arrogant. Je ne sais pas comment, mais j'ai bien l'intention de me faire pardonner et puis avec un peu de chance…

— Ah non ! s'emporta Angela. Tu ne vas pas encore essayer de la séduire ! Elle a terriblement souffert après votre séparation. Bien plus que nous tous réunis. Elle est tombée gravement malade. Et je te jure que, frère ou pas, je ne te laisserai plus jamais lui faire du mal !

— Angie ! Je désire comme toi qu'elle soit heureuse.

— Grâce à toi peut-être ? Jusqu'à présent, ça ne t'a pas franchement réussi !

— Arrête. Te rends-tu compte qu'elle aurait pu garder tout cela pour elle ? Malgré tout ce que je lui ai fait endurer par le passé, elle a quand même voulu m'aider. C'est quelqu'un de bien et jamais je ne ferai quoi que ce soit, qui pourrait lui nuire.

— Je l'espère, Gabriele. Je l'espère sincèrement. Ah, au fait ! Elle m'a demandé de te remettre cela, ajouta sa sœur en sortant un colis beige du sac, posé à ses pieds.

— Qu'est-ce que c'est ? questionna-t-il en prenant le paquet.

— Je n'en sais rien, mais elle l'a fait envoyer par porteur spécial.

Il plaça l'objet avec précautions sur la table basse, puis s'agenouillant, l'ouvrit délicatement. Dans un emballage en papier bulle se trouvait une boîte dont il souleva le couvercle. À l'intérieur, protégé par un voile de soie, il vit ce qui ressemblait à un livre ancien. Quand il sortit et tourna la première page, Gabriele éclata en sanglots malgré la présence de sa famille. Angela et Emilio se penchèrent pour savoir de quoi il s'agissait, et découvrirent que c'était un album photo. Sur le premier cliché, on pouvait voir Fanny qui tenait un minuscule bébé dans ses bras. C'était Léo. Gianni détourna les yeux. Ces images, il les connaissait. C'était lui qui les avait prises. Gabriele, pour sa part, tournait les pages avec une curiosité qui n'avait d'égal que l'émotion qui se lisait sur ses traits.

Angie lui entoura les épaules et le pressa contre elle. Ce que Fanny avait fait était extraordinaire. Elle avait accepté de partager les souvenirs qu'elle avait de son enfant avec celui qui avait pourtant été, en partie, l'artisan de son malheur. Quelle grandeur d'âme, songea la jeune femme, soudain très fière de la compter parmi ses meilleures amies !

En se redressant, elle fit signe aux deux autres qui se levèrent aussitôt.

— Nous allons partir Gabriele. Tu as besoin d'être seul pour assimiler tout ce qui vient de se passer, et pour te retrouver avec ton fils.

Son frère la regarda sans comprendre, avant de se relever et de la serrer dans ses bras avec émotion.

— Ne me remercie pas. Je n'ai fait que le messager, je te le rappelle. Et puis, j'aurais dû te parler d'elle plus tôt. Je m'en veux de ne pas avoir eu la franchise de te dire que je la revoyais. Tout cela aurait pu avoir lieu bien avant.

— Non, Angie. Ne regrette rien.

Puis se tournant vers ses frères, il les étreignit chaleureusement. Emilio lui tapota l'épaule en souriant.

— Nous avions tous quelque chose à nous reprocher. Moi, d'avoir déballé ton passé au dîner pour faire oublier que j'aime une femme qui n'est pas la mienne. Gianni qui a eu des sentiments inappropriés envers Fanny durant des années, et Angie pour ses cachoteries. Mais au final, nous n'avons jamais été aussi proches qu'en ce moment, et j'ai comme l'impression que nous repartons sur de nouvelles bases. Désormais, nous savons que nous pouvons tout nous dire et que quoiqu'il arrive nous serons toujours là les uns pour les autres.

— Tu as raison, Emilio. Jamais je n'oublierai ce que vous avez fait pour moi.

Ils l'embrassèrent une dernière fois, avant de quitter l'appartement qui parut soudain très vide à Gabriele. Il s'installa confortablement sur le canapé pour feuilleter l'album à loisir. Il avait compris que Gianni avait pris les photos, car il avait vu dans son regard qu'il connaissait ces clichés. Mais peu importait après tout. Ce qui comptait à présent, c'était qu'il pouvait enfin se représenter son fils autrement que dans son imagination. Il eut l'impression qu'on lui retirait à nouveau un énorme poids. Il riait et pleurait en même temps. Pour la première fois de sa vie, il ne refoula pas ses émotions. Bien sûr, il y aurait toujours le regret intense de ne pas l'avoir tenu contre lui, de ne pas l'avoir vu grandir. Pour autant, le cadeau que venait de lui faire Fanny était inestimable à ses yeux. Elle lui avait rendu sa dignité, sa fierté, et avait permis qu'après toutes ces années, il puisse enfin faire connaissance avec leur enfant.

Cette femme, sa femme, était un véritable don du ciel ! Et s'il avait été assez stupide pour tout saccager quand elle était à ses côtés, il avait à présent profondément changé, mûri, évolué. Et une chose était sûre. S'il avait le bonheur de pouvoir l'aimer à nouveau, jamais plus il ne la laisserait partir.

9

En débarquant de l'avion en provenance de Paris, Fanny poussa un soupir de soulagement. Elle se sentait terriblement fatiguée. La journée avait été rude, et le trajet en fin d'après-midi au départ de Nantes avec escale dans la capitale, n'avait rien arrangé. Depuis une semaine, elle n'avait quasiment pas dormi. Trois jours plus tôt, elle avait appris par Angie, qu'effectivement ses soupçons avaient été fondés, et que Sofia avait tout avoué. Mais elle était déçue que Gabriele ne l'ait pas appelée lui-même.

Bien entendu, elle ne voulait pas de remerciements. Elle n'avait pas agi ainsi pour en tirer de la reconnaissance. Néanmoins, un petit coup de fil pour lui donner de ses nouvelles ou lui dire ses impressions à propos de l'album de Léo, lui aurait fait plaisir. Elle avait supposé qu'il souhaiterait peut-être en apprendre plus au sujet de leur fils. Visiblement, ce n'était pas le cas…

Il lui fallait accepter le fait que Gabriele était probablement déjà passé à autre chose, et maintenant qu'il avait fait la paix avec lui-même, elle n'entendrait sans doute plus jamais parler de lui.

Elle était si profondément plongée dans ses pensées, qu'elle n'aperçut pas le grand homme brun, qui venait à sa rencontre, sous le regard admiratif des autres voyageuses. Elle se posta près du tapis roulant sur lequel défilaient les bagages, en attendant son sac, d'un air maussade. Il lui restait encore à louer une voiture, et à prendre la route pour Paradiso, où elle dormait dans un petit hôtel. Comme il était presque vingt-trois heures, cela signifiait qu'elle n'arriverait pas avant minuit et demi au mieux. Effectuer ce trajet, lui semblait au-dessus de ses forces, et pourtant, elle n'avait pas le choix. Sa chambre était réservée, et elle n'avait pas envie de passer la moitié de la nuit à essayer de trouver un endroit où se loger à Milan. Les prix y étaient exorbitants et la plupart des hôtels affichaient complet presque toute l'année tant l'activité économique y était développée.

Elle tendit le bras pour attraper son sac, quand une main bronzée s'en empara, la prenant de vitesse. Au même moment, elle entendit murmurer à son oreille.

— Bonsoir Fanny, je t'attendais.

— Gabriele ! Que fais-tu ici ?

— Angie m'a indiqué l'horaire de ton vol, et j'ai décidé de venir te chercher.

— Euh… C'est très gentil de ta part, mais il ne fallait pas te donner cette peine.

— Au contraire, je crois qu'il est impératif que nous discutions. Alors on y va ?

— Il n'est pas question que je mette un pied dans ton appartement, répondit-elle aussitôt, incapable de dominer la répulsion que lui inspirait cet endroit.

— Nous n'y allons pas. Je viens d'ailleurs de le vendre. Nous nous rendons à Paradiso.

— À Paradiso ? Mais tu détestes ce village et la maison ! Tu disais toujours que tu t'y ennuyais à périr. De quoi veux-tu me parler ? interrogea-t-elle en lui emboitant le pas vers le parking, tandis qu'il portait son sac.

Sans doute désirait-il l'entretenir d'un éventuel divorce. Depuis des années, elle s'y préparait. Mais maintenant que le moment était venu, elle redoutait ce qui allait suivre.

Galamment, il l'attendit, la fit passer devant lui et posa une main sur son dos pour la guider vers la sortie. Ce contact, même à travers la laine épaisse de son caban, lui procura des frissons qui coururent le long de sa colonne vertébrale. Oh non ! Il ne manquait plus que ça ! Comment pouvait-elle continuer à être si sensible à cet homme après toutes ces années ? C'était tout bonnement incompréhensible ! Avec tout ce qui s'était passé entre eux, elle persistait à se comporter comme une adolescente enamourée en sa présence. Fanny se détestait d'être aussi faible, et plus que tout, elle se sentait affreusement gênée à l'idée qu'il puisse se rendre compte de son trouble.

Ils atteignirent sa Porsche Cayenne, garée sur le parking, quelques minutes plus tard. Gabriele mit ses bagages dans le coffre, puis lui ouvrit la portière côté passager. Après s'être installé au volant, il démarra rapidement et quitta l'aéroport de Milan-Malpensa, en direction du nord.

Souhaitant par tous les moyens rompre le silence qui devenait trop pesant à son goût, Fanny décida d'entamer la conversation.

— Alors comme ça, tu vends ton appartement ? C'est bizarre, j'ai toujours été persuadée que tu l'adorais.

— Je le croyais moi aussi. Mais finalement, je trouve qu'il est trop grand et trop prétentieux pour moi.

La surprise de la jeune femme dut se lire sur son visage, car après l'avoir observée un instant, Gabriele se mit à rire doucement.

— Mais, mais… bégaya Fanny, déconcertée.

— Mais quoi ? J'ai appelé une agence immobilière, dont je connais bien le directeur, lundi après-midi. Et mercredi matin, il était vendu à un homme d'affaires de Dubaï. Mardi, j'en ai visité plusieurs autres, et finalement je me suis décidé pour un attique. Il est situé dans le coin du parc Ravizzi. Tu te souviens ?

— C'est près de l'université Bocco, non ? Pas du tout les quartiers chics auxquels tu es habitué !

— Exactement. De nombreux entrepôts désaffectés ont été réhabilités et transformés en résidences privées. C'est très calme, tu sais… Le matin, sur la terrasse, je peux entendre de chant des oiseaux dans le parc.

— Le chant des oiseaux ? Qui êtes-vous et qu'avez-vous fait de Gabriele ? s'exclama la jeune femme éberluée par ces mots qui lui ressemblaient si peu.

— Il faut croire que nous nous connaissions très mal, répondit-il en éclatant d'un rire insouciant.

— Excuse-moi, mais j'en doute. Tu as sûrement beaucoup changé. Avant, tu ne jurais que par la Via Napoléone et son prestige. Pour toi, c'était le comble de la réussite que de vivre là-bas. Et puis, si tu avais apprécié le chant des oiseaux, tu aurais adoré Paradiso. Or, si mes souvenirs sont exacts, tu avais horreur de ce « trou perdu » !

— Justement, en parlant de Paradiso… J'ai décidé de rénover la maison.

— Quoi ? Mais j'étais persuadée que tu l'avais vendue depuis longtemps. Elle paraissait entretenue, et comme je me doutais que tu n'y mettais jamais les pieds, j'ai supposé que d'autres l'habitaient.

— Eh bien, tu t'es trompée. Jamais je n'aurais pu m'en séparer, quoi que tu en penses. C'était notre cadeau de mariage, et le seul lien que j'avais encore avec toi et Léo. Au fait, merci pour tout. Je sais que ce mot semble dérisoire au regard de tout ce que tu as fait pour moi, mais je tiens quand même à te le dire. Merci, murmura-t-il en posant sa main sur celle de la jeune femme.

Fanny, troublée comme chaque fois qu'il la touchait, retira la sienne doucement et se tourna vers la vitre. À l'extérieur, il faisait nuit noire. Pourquoi tentait-il ce rapprochement ? Depuis le temps qu'ils étaient séparés, ils étaient passés tous deux à autre chose. Son geste, probablement dicté par un élan de gentillesse, lui paraissait totalement incongru. D'ailleurs, avait-il réellement changé ou essayait-il de se racheter une conduite à ses yeux ?

Tout en scrutant la route, Gabriele songea à la jeune femme assise à ses côtés. Lorsqu'il l'avait vue parmi les passagers, son cœur avait fait un bond. On aurait cru un adolescent à son premier rendez-vous ! Il ne se souvenait pas avoir été aussi troublé depuis très longtemps. Pourtant quand il avait voulu prendre sa main, elle l'avait repoussé calmement. De toute évidence, la situation serait plus compliquée à gérer qu'il ne l'avait imaginé. Il réalisa d'un coup la stupidité de son état d'esprit, encore une fois, trop arrogant. Il avait bêtement cru que comme elle avait accepté de l'aider, tout était à nouveau possible entre eux. Que peut-être, elle éprouvait toujours des sentiments pour lui. Quel imbécile ! Fanny n'avait agi ainsi que parce qu'elle était foncièrement généreuse. Lui n'avait rien à voir là-dedans. S'il avait été quelqu'un d'autre, elle aurait fait exactement la même chose.

Si elle ressentait encore quelque chose pour lui, ce n'était certainement pas de l'amour. Encore moins de l'amitié. Tout au plus de l'indifférence, teintée d'un brin de pitié. D'ailleurs, c'était entièrement sa faute. N'avait-il pas tout fait pour qu'elle le déteste ? Même si sa conscience était soulagée d'un grand fardeau, il n'en restait pas moins que c'était seulement maintenant qu'il comprenait à quel point il l'avait blessée. Quoi de plus normal alors, qu'elle n'ait aucune envie de retenter l'expérience ? Pour autant, il était décidé à se battre pour la reconquérir et n'abandonnerait pas si facilement. Mais, il ne devait en aucun cas oublier qu'il marchait sur des œufs, et que la prudence était de mise. Si elle se sentait brusquée d'une manière ou d'une autre, elle lui échapperait. Oui, il allait devoir jouer finement, mais il était prêt à relever le défi. Cette femme avait pris en moins de deux semaines une place trop importante dans son esprit pour qu'il y renonce aussi facilement.

Fanny ferma les yeux, essayant tant bien que mal de trouver un peu de repos. La proximité de Gabriele la bouleversait bien plus qu'elle ne l'aurait voulu, et lorsqu'en plus il se montrait gentil avec elle, cela n'arrangeait rien à l'affaire. Elle aurait presque préféré qu'il soit toujours le même, égoïste et arrogant, comme autrefois. Cela lui aurait donné une bonne raison de le détester et par conséquent de le tenir à distance. Alors que là…

Sans s'en rendre compte, elle finit par s'assoupir, trop fatiguée par le manque de sommeil des derniers jours.

Gabriele lui secoua doucement l'épaule, la faisant sursauter brusquement. Elle promena un regard embrumé autour d'elle, avant de s'apercevoir qu'il s'était garé devant la maison qu'elle avait habitée du temps de leur mariage. Se tournant vers lui, elle l'interpela sans ménagement :

— Que faisons-nous ici ? Pourquoi ne pas m'avoir déposée à l'hôtel ? Je ne sais pas à quoi tu joues, mais ça ne m'amuse pas du tout !

— Fanny, je ne joue à rien. Tu es chez toi.

— Ce n'est pas drôle ! Ramène-moi s'il te plaît.

— Je ne peux pas, j'ai annulé ta réservation.

— Tu as fait quoi ? s'écria-t-elle en se tournant brusquement vers lui.

— Je suis désolé, je pensais bien faire. Je voulais que nous puissions avoir le temps de parler en toute tranquillité. Passer le week-end ensemble me semblait la solution idéale. Je crois que j'ai eu tort. Je te demande pardon, feinta-t-il avec un air contrit — ce qu'entre parenthèses, il n'était pas du tout, mais il fallait bien donner le change —.

— Tu peux ! s'exclama-t-elle, exaspérée, en sortant de la voiture. La prochaine fois, demande-moi mon avis, avant de décider pour moi. Je déteste qu'on me mette devant le fait accompli, ajouta-t-elle postée devant le porche de la maison.

Gabriele jubilait. C'était une première victoire, puisqu'elle n'avait pas exigé qu'il la ramène à l'hôtel, ou pire encore, elle n'y était pas partie à pieds. Il passa rapidement devant elle et ouvrit la porte avant de désactiver l'alarme. Fanny restait immobile sans oser entrer. Alors, il se tourna vers elle et la prit doucement par le bras pour la faire avancer. Afin de la rassurer tout à fait et la mettre ainsi en confiance, il lui proposa de dormir dans la chambre d'amis au rez-de-chaussée, tandis que lui logerait dans la pièce qui avait été leur suite privative durant leur mariage, et qui se situait au premier.

Fascinée, Fanny lui prêta à peine attention, trop occupée à observer les lieux. Rien n'avait changé. L'entrée peinte en blanc était spacieuse, et donnait sur un grand escalier qui menait à l'étage. Le sol était en parquet clair, et même le placard qui dissimulait un dressing était toujours là. Elle s'avança pour voir le salon sur sa gauche. Elle savait qu'au fond se trouvait la cuisine, ainsi qu'une salle à manger. La maison comptait cinq chambres, et autant de salles de bains.

Lumineuse, grâce à de nombreuses baies vitrées qui donnaient sur le parc, elle dégageait une sensation de calme et de sérénité à laquelle elle avait été sensible dès sa première visite, le lendemain de leur mariage. Immédiatement, elle avait adoré cet endroit qui mélangeait habilement un extérieur tout en pierres anciennes avec des volets bleus, du lierre qui grimpait le long de la façade et un intérieur plus moderne. Elle savait que dans le jardin de l'autre côté, elle trouverait la piscine face à la terrasse, et plus loin, une grande pelouse entourée de hauts murs, offrant ainsi une complète intimité.

Aucune maison dans le village ne ressemblait à celle-là. De nombreuses villas cossues avaient été construites, mais pas une ne donnait cette impression de simplicité, malgré le fait qu'elle était d'une valeur considérable.

Rapidement, Gabriele se dirigea vers la chambre d'amis tapissée de papier peint beige où il déposa ses bagages. Il lui proposa de se rafraîchir avant de le rejoindre au salon. Il y avait préparé une collation pour qu'elle puisse se restaurer.

À cet instant, la jeune femme se rendit compte qu'elle mourait de faim, puisqu'elle n'avait rien avalé depuis midi. Et encore, elle n'avait grignoté qu'un bout de pain accompagné d'un peu de fromage. Sans attendre, elle se dirigea vers la salle de bain où elle s'aspergea le visage d'eau fraîche et se recoiffa. Elle prendrait une douche avant de se coucher. En consultant la montre, elle constata qu'il était déjà minuit et quart. Étouffant un bâillement, elle quitta la chambre pour se rendre dans le salon où Gabriele patientait posté devant la fenêtre.

Sur la table, il avait préparé du café ainsi que des petits sandwichs variés et une assiette de mignardises. Fichtre ! Il sortait le grand jeu, songea Fanny avec un sourire ironique aux lèvres. Visiblement, ce qu'il avait à lui dire était important, et elle était maintenant certaine qu'il allait lui annoncer son intention de divorcer.

D'après Angela, cela faisait plusieurs mois qu'il fréquentait une avocate. Sans doute, voulait-il concrétiser les choses avec sa compagne.

En entendant la jeune femme pénétrer dans la pièce, Gabriele ne se retourna pas immédiatement. Il aimait la sensation de savoir qu'elle était là. Finalement, il se dirigea vers le canapé où Fanny avait déjà pris place. Voyant qu'elle lorgnait les mets qu'il avait achetés plus tôt dans la journée chez le traiteur du village, il l'invita à se servir. Elle ne se fit pas prier, et dégusta les petites navettes farcies avec un plaisir évident. Il ne put s'empêcher de l'observer, fasciné par ses gestes. Son appétit était coupé, mais sa libido s'était soudainement éveillée avec une force formidable. Une fois restaurée, Fanny sirota son café, et décida d'abréger le suspense. Il valait mieux crever l'abcès une bonne fois pour toutes. Or, Gabriele avait visiblement du mal à entamer la conversation.

— Alors, de quoi voulais-tu me parler ? Je te sens gêné. Si tu souhaites divorcer, ce n'est pas la peine de prendre des gants… Je comprends parfaitement qu'après toutes ces années, rester mariés ne rime plus à grand-chose.

Si seulement elle savait, pensa-t-il avec amusement. Oui, il était mal à l'aise, mais seulement parce qu'il ignorait dans quelle position se mettre pour dissimuler le fait qu'il la désirait comme un fou.

En désespoir de cause, Gabriele se leva et lui tourna le dos. Il se dirigea vers une bibliothèque ouverte qui abritait de nombreux livres, dont la plupart appartenaient à Fanny. Il y prit un petit magnétophone, et revint vers elle. Ce court laps de temps lui avait permis de retrouver ses esprits, si bien qu'il était parfaitement détendu quand il retourna vers le canapé et s'installa près d'elle.

Sans mot dire, il actionna un bouton sur l'appareil et Fanny reconnut la voix de Gianni ainsi que celle de Sofia. La conversation se déroulait en italien, mais elle maîtrisait assez bien la langue pour en comprendre toute la teneur. Lorsque Gabriele éteignit le dictaphone quelques instants plus tard, elle était sous le choc. Avoir des suppositions voire des soupçons était une chose, mais entendre la principale intéressée tout avouer en était une autre. Elle n'avait même pas un semblant de remords face à ce désastre dont elle était en grande partie responsable.

— Je suis tellement désolée… J'aurais dû m'en rendre compte plus tôt, bégaya-t-elle après quelques minutes d'un silence pesant.

— Non Fanny ! Je ne t'ai pas fait écouter cet enregistrement pour cela… Au contraire, sans toi jamais je n'aurais appris ce qui s'était réellement passé. Et pourtant mes frères savaient. Mais aucun n'a jamais eu le courage de m'en parler ouvertement. Quand je suis reparti de Nantes, j'étais dans un état lamentable ! Je ne pouvais pas y croire. Je me faisais l'effet d'être un pervers, un ignoble porc, incapable de contrôler mes instincts, pas même le jour de l'enterrement de mon propre enfant ! J'avais tellement honte. Je m'en voulais tant de t'avoir autant peinée.

— Gabriele, arrête. J'ai aussi ma part de responsabilités. Jamais je n'aurais dû accepter ce mariage. C'était malsain pour toi et pour moi. Nous étions trop jeunes…

— Oh ! Mais tu n'aurais pas pu faire autrement, crois-moi ! Mon père y aurait veillé. Il avait bien trop peur que ta mère ne porte plainte contre moi. Le scandale aurait rejailli sur toute la famille. Il le savait et elle aussi. Ni toi ni moi n'avons eu le choix.

— Quel scandale ? Quelle plainte ? Tu ne m'as pas violée que je sache !

— Tu avais seulement dix-sept ans et tu étais enceinte. J'en avais vingt-quatre. Ta mère a menacé de porter plainte pour détournement de mineure. Te rends-tu compte un instant de ce que cela signifiait ? Non seulement c'était la fin de ma carrière, mais en plus, cela aurait également été celle du cabinet. Mon père y avait travaillé d'arrache-pied pendant plus de vingt ans, au détriment de sa famille. Jamais il n'aurait accepté que tout se termine ainsi.

— Donc, tu étais vraiment acculé…

— Oui. C'était le mariage ou alors, perdre tout ce pour quoi Maurizio s'était battu durant toute sa vie.

— Nous avons très mal démarré, n'est-ce pas ?

— Non, je ne suis pas d'accord. Je me souviens de tout, tu sais… Ce soir-là est resté gravé dans ma mémoire pour toujours.

— Au bord de la piscine ? ne put-elle s'empêcher de lui demander, avec un soupçon d'ironie.

— Ça, je crois qu'il vaut mieux l'oublier définitivement. Je parle de ce qui s'est passé après, dans la chambre. C'était une expérience extraordinaire, murmura-t-il d'une voix rauque.

— Tellement extraordinaire que tu es parti comme un voleur, fit-elle remarquer, refusant de tomber à nouveau sous son charme.

— Fanny, j'avais peur… Tu peux le comprendre non ? Je n'avais jamais rien vécu de tel. Alors je me suis enfui, je le reconnais. Mais je ne voulais pas te blesser, je te le jure.

Incapable de résister un instant de plus, Gabriele se pencha vers elle avant d'effleurer ses lèvres. Fanny, qui ne s'attendait absolument pas à cela, eut un léger mouvement de recul. Mais il caressa doucement sa joue de sa main aux longs doigts effilés, l'incitant à se rapprocher de lui. Elle poussa un soupir tremblant, mais s'exécuta. Alors, il posa à nouveau sa bouche sur la sienne. Il était si prévenant, si tendre, qu'elle se sentait totalement en sécurité. Pourtant très vite, les choses échappèrent à leur contrôle. Leurs langues s'emmêlèrent langoureusement, et l'instant d'après il l'allongea à demi sur le canapé. Ils devinrent rapidement tous deux fébriles et Gabriele dut batailler durant quelques secondes pour venir à bout des boutons de son chemisier. Lorsqu'il en écarta les pans, il eut le souffle coupé devant le spectacle qui s'offrait à sa vue. Elle était toujours aussi belle. Il avait l'étrange impression que le temps s'était arrêté, qu'ils n'avaient pas été séparés durant tant d'années.

Se penchant à nouveau sur elle, il l'embrassa avec une passion qu'il ne maîtrisa pas.

— Fanny, ma Fanny, tu m'as tellement manqué, susurra-t-il le visage enfoui dans son cou, ses mains caressant voluptueusement sa poitrine à travers la dentelle blanche du soutien-gorge.

Ces paroles firent à la jeune femme, l'effet d'une gifle. Ouvrant les yeux, elle se redressa brutalement tout en le repoussant. Honteuse, elle commença à reboutonner son chemisier, sans pour autant oser le regarder en face. Gabriele, pour sa part, était complètement déboussolé et ne comprenait pas sa propre attitude. Jamais il n'avait eu l'intention d'aller aussi loin, si vite. Mais elle était tellement craquante qu'il s'était laissé emporter par ses émotions. Pourvu qu'il n'ait pas tout gâché !

— Fanny ? Qu'est-ce qui t'arrive ?

— Pourquoi mens-tu comme cela ?

— Mais je ne mens pas ! De quel droit, oses-tu insinuer une chose pareille ? s'insurgea-t-il, vexé, qu'elle mette ainsi sa parole en doute.

Elle se leva rapidement et gagna le pas de la porte. Puis, elle se tourna vers lui. Incapable de cacher à quel point elle avait été choquée par ce qu'il venait de lui dire, elle lui répondit d'une voix tremblante.

— Du droit que pendant presque quinze ans, tu n'as pas été fichu de prendre une seule fois de mes nouvelles. J'ai cru comprendre que tu avais une compagne en ce moment, et ce depuis quelque temps. Alors, Gabriele, lorsque tu te retrouvais dans ton lit avec elle, en train de lui faire la même chose, est-ce que je te manquais ?

Incapable de rester un instant de plus en sa présence, Fanny se détourna et partit en courant vers sa chambre, où elle s'enferma à double tour. Dès demain, elle retournerait à son hôtel habituel, non sans avoir prié Gabriele de la laisser en paix.

Prostré sur le canapé, ce dernier songea qu'il avait vraiment été stupide. Elle avait entièrement raison. Jamais il ne s'était donné la peine de reprendre contact avec elle. Pas même lorsqu'elle l'avait quitté. Pourtant il aurait dû. Il aurait dû lui téléphoner, ou bien passer la voir, pour s'assurer qu'elle allait bien. Mais en bon égoïste qu'il était, il n'y avait même pas pensé. Il avait préféré renouer avec sa vie de célibataire, refoulant dans un coin de sa mémoire, cette épouse qui lui avait été imposée, mais à laquelle il s'était finalement attaché.

Maintenant, il lui fallait assumer les conséquences de ce manque de discernement et de compassion envers autrui. Elle avait perdu leur enfant, et pour une mère, a fortiori si jeune, cela avait dû être terrible. Jamais elle n'avait pu compter sur lui, à aucun moment. Il réalisait à quel point, cette attitude lui portait préjudice à présent. Oui, il payait chèrement le fait de l'avoir si peu considérée autrefois.

10

Lorsque Gabriele descendit au rez-de-chaussée, le lendemain matin après une nuit quasi blanche, il était à peine six heures. En passant dans le couloir, il vit que la porte de la chambre de Fanny était ouverte. Il s'en approcha et y jeta un rapide coup d'œil tout en l'appelant doucement. Aucune réponse. Durant une minute, il crut qu'elle s'en était allée. Après tout, cela n'aurait rien eu d'étonnant après ce qui avait eu lieu la veille. Toutefois, quand il repéra son sac de voyage sur le fauteuil, il poussa un soupir de soulagement et partit aussitôt à sa recherche.

Au bout de quelques instants, il dut se rendre à l'évidence, elle n'était pas dans la maison. Mais où diable, était-elle ? L'explication arriva une demi-heure plus tard, alors qu'il était dans la cuisine en train de préparer du café, se demandant avec inquiétude ce qui pouvait bien être arrivé. En entendant la porte d'entrée s'ouvrir doucement, il se précipita dans le hall. Elle portait un caleçon noir, un pull rouge en polaire et des baskets. Apparemment, elle avait couru, comme en attestaient les gouttes de sueur qui perlaient sur son front. Même ainsi, en nage et sans maquillage, il la trouva irrésistible.

— Tu es déjà debout ? s'enquit-elle en reprenant tant bien que mal son souffle.

— Et toi ? D'où viens-tu ?

— Je suis allée faire un footing. J'avais besoin de me défouler, répondit-elle tout naturellement.

— Mais es-tu complètement folle Fanny ? C'est de l'inconscience pure de courir sur les routes au beau milieu de la nuit ! N'as-tu jamais entendu parler des agressions dont sont fréquemment victimes les joggeuses ?

— Oh lala ! Que d'histoires ! Il n'arrive jamais rien par ici, voyons !

— Tu crois ça ? Il suffit d'une fois ! s'écria Gabriele.

Il fut pris d'une soudaine peur rétrospective, à la simple idée qu'elle aurait pu être agressée, ou même se faire renverser par une voiture

— Mais pourquoi est-ce que tu te mets dans des états pareils ?

— Parce que je tiens à toi ! Parce que je ne veux pas te perdre !

— Pourquoi racontes-tu de telles choses Gabriele ? Pourquoi te moques-tu ainsi de moi ? souffla la jeune femme, rouge de confusion.

À ces mots, Gabriele sentit une colère intense sourdre en lui. Sans attendre, il s'avança vers elle et la prit par les épaules pour la secouer légèrement.

— Fanny ! Pourquoi ne veux-tu pas me croire quand je te dis que j'ai changé ? Notre rencontre à Nantes m'a profondément troublé. TU m'as profondément touché. Bien plus que je ne l'avais jamais été. Je ne me moque pas de toi, bon sang ! Je suis en train de tomber amoureux de toi, voilà la vérité. J'en ai assez de prendre des gants pour ne pas te montrer ce que j'éprouve, déclara-t-il, incapable de lui cacher ce qu'il ressentait pour elle.

Il n'y avait plus aucun plan, plus aucune stratégie qui ait la moindre importance. Il l'aimait. Rien d'autre ne comptait à ses yeux. Il ne désirait pas divorcer, comme il l'avait pensé au moment de reprendre contact avec elle. Au contraire, il voulait leur donner une seconde chance, réapprendre à la connaître. D'accord, il avait été le dernier des imbéciles en pla laissant partir, des années auparavant. Mais il n'était pas trop tard pour eux.

Ils étaient encore jeunes, pouvaient construire une famille, et rêver à un avenir commun.

Alors, ne pouvant se taire plus longtemps, il lui révéla tout ce qu'il avait sur le cœur, au risque de la perdre à jamais. Il le savait, mais il ne pouvait pas contenir le flot de paroles qui sortait de sa bouche. Là, dans le hall d'entrée de la maison, à presque sept heures du matin, il lui fit la déclaration la plus enflammée qu'il ait faite à une femme. D'ailleurs, ça ne lui était jamais arrivé.

Fanny était totalement abasourdie par ce qu'il venait de lui révéler. Durant leur mariage et même après leur séparation, elle avait rêvé de cet instant de nombreuses fois. Maintenant qu'il prononçait enfin les mots tant attendus, il lui semblait qu'ils venaient quinze ans trop tard. Elle ne savait pas quoi lui répondre. Et encore moins où elle en était. Elle avait besoin de s'isoler pour digérer ce qui venait d'être dit et qu'elle n'aurait jamais imaginé.

— J'ai envie d'être seule, murmura-t-elle les yeux baissés avant de s'enfuir vers la chambre.

Debout dans le couloir, Gabriele demeurait figé. Il avait voulu jouer la carte de la sincérité, et avait eu tout faux. Pour la première fois de sa vie, il vivait les affres du rejet, le sentiment intolérable d'aimer et de n'être pas aimé en retour. D'un pas lourd, il se dirigea vers la cuisine où il se laissa tomber sur une chaise, en se prenant la tête entre les mains. Que fallait-il faire maintenant ? Lui permettre de repartir en sachant qu'il risquait de la perdre définitivement ?

Il sursauta en entendant la voix de Fanny depuis le pas de la porte. Relevant les yeux, il nota qu'elle s'était douchée et changée. Elle portait à présent un jean et un col roulé en cachemire noir. Combien de temps était-il resté ainsi ?

— Tu n'avais pas le droit de me dire ça Gabriele, commença-t-elle, tremblante. Lorsque nous étions mariés, j'aurais donné n'importe quoi pour que tu partages mes sentiments.

— Je sais…

— Laisse-moi finir. En plus de quatorze ans, tu n'as jamais cherché à me revoir. Tu ne t'es jamais intéressé à ce que j'étais devenue. Et tu voudrais que je prenne pour argent comptant la déclaration que tu viens de me faire ? Mais l'amour n'est rien sans la confiance. Et la confiance n'est pas innée, elle se gagne. Jusqu'à présent, tu n'as pas fait grand-chose pour mériter la mienne. Alors s'il te plaît, faisons comme si tu n'avais rien dit. C'est mieux pour tout le monde.

— Je ne peux pas. Je suis trop attiré par toi pour cela. Je sais que j'ai fait beaucoup d'erreurs par le passé, mais j'ai changé. Tu ne peux pas toujours me jeter à la figure une attitude que j'ai eue alors que j'étais un jeune con ! J'ai eu tort d'agir comme je l'ai fait. Je suis le premier à le reconnaître. Et si réellement tu ne ressens aucune attirance pour moi, je te ramènerai à ton hôtel. Mais j'ai besoin de savoir où j'en suis avec toi. S'il n'y a aucun espoir, tu dois me le dire.

— Gabriele, murmura Fanny sur un ton presque suppliant, en s'asseyant face à lui. Les choses sont bien plus compliquées que cela. Il m'a fallu près de deux ans pour me remettre de la mort de notre enfant et des quatre mois durant lesquels nous avons été en couple. Ce que tu ignores, c'est que j'ai été hospitalisée pendant longtemps. Sais-tu à quel point le désespoir peut mener aux actes les plus extrêmes ? J'ai failli basculer dans la folie. Alors, non, jamais plus je ne prendrai le risque de revivre ça, parce que je suis consciente du fait que je n'aurai plus l'énergie de me relever une seconde fois. La mort de Léo en est, en grande partie, la cause. Moi aussi, j'ai ma part de responsabilités. Mais toi, Gabriele, tu y es également pour quelque chose. Tu étais mon mari, et tu n'as jamais été là pour moi. Peut-être que si tu m'avais soutenue, je ne serais pas tombée si bas. Nous ne le saurons jamais… Mais moi, je me poserai toujours la question. Tu voudrais que je te fasse confiance, alors qu'à peine quelques semaines après notre séparation tu te pavanais au bras d'une actrice. Et pendant ce temps, moi j'étais au fond du gouffre. Comment réagirais-tu à ma place ?

— Alors que les choses soient claires. Durant notre union, je ne t'ai jamais trompée.

— C'est cela, oui, j'en parlerai à mon cheval… Si tu imagines que je vais te croire, tu rêves…

— Et pourtant c'est vrai… Je te le jure sur la tête de Léo ! Je n'ai couché avec aucune autre dès le moment où nous nous sommes mariés. Le soir de l'accident, d'accord, j'ai embrassé une inconnue. Mais j'avais trop bu, et j'étais frustré de ne pas savoir comment pouvoir briser cette barrière entre nous. Après ton départ, la première relation intime que j'ai eue avec une femme a eu lieu deux ans plus tard. Je ne suis qu'un homme, j'avais vingt-sept ans et il était évident que tu ne reviendrais pas. Tu ne peux pas m'en vouloir pour ça.

— Et cette comédienne avec qui tu étais à une soirée. Tu sais... Celle qui était habillée d'une robe rouge ? J'ai vu des photos.

— Je suppose que tu parles de Silvia, car je n'ai dans mes relations, aucune autre actrice. Elle fait appel au cabinet régulièrement et son père travaille avec nous depuis toujours. Si tu penses que j'aurais pu coucher avec une de mes clientes au risque d'être rayé du barreau, alors tu me connais très mal ! D'ailleurs, je ne comprends pas pourquoi tu focalises sur ma vie durant ces quatorze dernières années. Toi aussi tu as rencontré d'autres hommes non ? argua-t-il.

— J'ai eu effectivement quelques compagnons, admit-elle à contrecœur. Mais rien de très sérieux. Du moins pas assez pour que j'en parle.

— Quoi ? s'exclama-t-il éberlué. Ce n'est pas possible ! Tu es jeune, tu es belle…

— Et je ne laisse personne m'approcher de trop près, parce que je suis terrorisée à l'idée de m'attacher à nouveau à quelqu'un. Je t'ai aimé plus que tout au monde, et cet amour n'était pas payé en retour. Alors maintenant, ne me demande pas de recommencer avec toi, je n'en ai pas la force et je te supplie de respecter cela.

— D'accord, concéda finalement Gabriele, atterré par ce qu'elle lui avait révélé. Permets-moi seulement de devenir ton ami. J'ai vraiment envie d'apprendre à te connaître mieux.

— Très bien. À une condition. Promets-moi que plus jamais tu ne me feras une déclaration comme celle que tu viens de me faire.

— Sauf si tu changes d'avis et que tu viens vers moi, fit-il valoir avec un sourire malicieux.

— Je ne pense pas que ça arrivera, répliqua Fanny, soulagée par cette ultime explication.

— Nous verrons, nous verrons…

La jeune femme se sentit soulagée, mais également partagée. Il aurait été si facile de céder, de lui dire toute la vérité. À savoir, qu'elle n'avait pas laissé un autre homme l'approcher parce qu'aucun ne lui avait jamais fait cet effet. Personne ne l'avait troublée au point de lui faire oublier jusqu'à son propre nom, comme c'était le cas quand elle était dans ses bras. Néanmoins pour elle, Gabriele était avant tout synonyme de danger et d'insécurité.

Finalement, ils préparèrent et prirent leur petit-déjeuner, mettant ainsi un terme à cette conversation éprouvante. Au début, l'atmosphère était tendue, chacun étant plongé dans ses pensées.

Toutefois, au bout d'un moment, Gabriele redevint égal à lui-même, c'est-à-dire bavard et charmant. Au bout de quelques éclats de rire, Fanny était à nouveau détendue.

Comme à huit heures, il était trop tôt pour se rendre au cimetière, elle décida de corriger des copies. Gabriele, pour sa part, s'installa dans un fauteuil non loin d'elle, son ordinateur sur les genoux, et commença à répondre aux mails qu'il avait eus ces derniers jours.

Tout en travaillant, il réfléchissait. Il avait été idiot de déclencher cette scène. Il avait voulu forcer les choses, et maintenant voilà le résultat. Tout était à refaire, et en plus elle se méfiait. Une fois encore, il avait été trop sûr de lui. Pourtant les évènements de la veille auraient dû l'inciter à plus de prudence. Au lieu de cela, il lui avait mis la pression, provoquant l'effet inverse de ce qu'il souhaitait. Il ne voulait pas penser qu'elle était insensible à son charme. Ce qui s'était passé sur le canapé en était la preuve, mais il était vrai qu'elle savait particulièrement bien reprendre le contrôle de ses émotions. Bien mieux que lui.

Vers dix heures, ils se rendirent chez le fleuriste où Fanny avait ses habitudes. Si ce dernier fut surpris de les voir ensemble, il n'en souffla pas mot. Ils prirent ensuite la direction du cimetière. Ils récupérèrent de quoi lessiver la tombe dans le coffre, et se mirent aussitôt à l'œuvre. Lorsque ce fut fait, ils déposèrent les bouquets qu'ils venaient d'acheter. Chaque semaine, ceux-ci étaient renouvelés. Le week-end où elle était sur place, c'était elle qui s'en chargeait. Les trois autres samedis, le commerçant s'en occupait contre rétribution. Gabriele décida que dorénavant, ce serait lui qui effectuerait cette tâche. Après tout, il était le père de Léo, et c'était bien le moins qu'il ait pu faire. Après s'être longuement recueillis, ils quittèrent le cimetière. Ils y reviendraient le lendemain.

Pour le déjeuner, ils allèrent se restaurer dans une petite auberge située à l'extérieur du village. L'endroit était simple et rustique, mais Fanny y appréciait la cuisine et la qualité de l'accueil. Durant l'après-midi, ils décidèrent de se promener un peu dans les alentours. Les habitants connaissaient bien la jeune femme et s'arrêtaient volontiers pour discuter avec elle. Pour chacun, elle avait une parole gentille, et Gabriele réalisa à quel point elle aimait cette bourgade.

Peu après seize heures, il eut un appel de sa mère. Ils étaient à Lugano et proposaient de l'inviter à dîner, sachant qu'il était tout à côté. Fanny était un peu réticente à l'idée de les revoir, mais finit par accepter devant l'insistance de son mari. Si Yolanda fut étonnée de l'entendre lui indiquer qu'il viendrait en compagnie d'une femme, elle n'en souffla pas mot. Il se garda de lui dire qu'il s'agissait de la sienne.

En début de soirée, ils se rendirent donc là où tout avait commencé entre eux. Ses parents reçurent Fanny avec froideur. Passée la surprise lorsqu'ils la reconnurent, un silence pesant régna au moment de l'apéritif. Toutefois, durant le repas ils firent des efforts pour lui faire la conversation, ainsi que l'exigeait la plus élémentaire des politesses. Au fur et à mesure, Gabriele nota avec satisfaction que tout le monde se détendait. Ils étaient impressionnés par le parcours de Fanny et ne cachaient pas leur admiration pour celle qu'elle était devenue. Il ne put s'empêcher de l'observer, empli de fierté. Elle, qu'il avait snobée des années plus tôt, était à présent plus diplômée que lui. L'économie et les finances n'avaient pas de secrets pour elle, et très vite la conversation s'orienta sur la politique, la crise internationale actuelle, et les solutions qui pouvaient être apportées pour tenter d'y remédier. La jeune femme faisait en sorte de se mettre au niveau de ses interlocuteurs qui n'avaient pas forcément ses connaissances dans le domaine. Elle réussit même l'exploit d'intégrer Yolanda à leur discussion, alors que celle-ci n'y entendait absolument rien. Au moment de leur départ, ses parents étaient conquis, et les adieux furent nettement plus chaleureux. Honneur suprême, Maurizio proposa à Fanny de repasser les voir dès son prochain séjour, même si Gabriele n'était pas présent. Ce à quoi son fils répondit qu'il serait là, quoiqu'il arrive.

À leur retour, et malgré toute la difficulté que cela représentait pour lui, il la laissa s'esquiver dans sa chambre. Une nuit blanche l'attendait, à n'en pas douter, mais il ne voulait surtout pas renouveler les erreurs de la veille et du matin. Fanny avait besoin de temps pour s'habituer de nouveau à lui, se rendre compte par elle-même qu'il avait vraiment changé et lui faire confiance. Alors seulement, il pourrait reprendre son offensive.

Le lendemain, ils passèrent un dimanche tranquille. Gabriele proposa à la jeune femme de visiter toute la maison et lui demanda des conseils sur la manière dont il devrait rénover les pièces pour en faire une villa de week-end chaleureuse et accueillante. Comme il l'espérait, Fanny ne se fit pas prier pour lui donner son avis, lui suggérant ceci ou cela. Il notait mentalement tout ce qu'elle disait, et se promit de l'appliquer à la lettre. Ainsi, la prochaine fois qu'elle viendrait, elle se sentirait vraiment chez elle ici.

Après une longue visite à leur fils, ils quittèrent Paradiso en fin d'après-midi, et prirent la route pour Milan. Il était prévu qu'ils dînent au restaurant avec Angie et John. Ils devaient s'y retrouver vers vingt heures. Gabriele, qui avait définitivement déménagé de son appartement la semaine précédente, logeait chez ses parents en attendant que les travaux de son nouvel attique soient achevés. Fanny demanda à louer une chambre d'hôtel, non loin de là. Il n'eut pas d'autre choix que d'accepter.

À mesure que la journée avançait, il sentait leur complicité se renforcer. Ils riaient, discutaient beaucoup et avaient décidé d'un commun accord de cesser de parler du passé. Beaucoup de choses avaient été dites, et revenir chaque fois en arrière ne les mènerait à rien.

En arrivant à Milan, il la déposa devant son hôtel pour lui laisser le temps de s'installer et de se rafraîchir. Comme le restaurant n'était pas situé très loin, ils convinrent de s'y retrouver directement. En fait, c'était une décision de Fanny et il n'alla pas à son encontre. Il comprenait la réserve de la jeune femme qui ne voulait surtout pas s'exposer à la curiosité de son amie. Angie, en croyant bien faire, se verrait obligée de l'abreuver de conseils et d'encouragements, et ils n'avaient pas besoin de cela. Ni l'un ni l'autre.

Quand Gabriele arriva à l'heure convenue, sa sœur et son beau-frère étaient déjà là. Mais pas de trace de Fanny. Il sentit son estomac se nouer à l'idée qu'elle ait pu profiter de ce répit pour retourner en catimini à Nantes. Il s'installa et remarqua que ses mains tremblaient. Il réalisa alors que lorsqu'il lui avait dit qu'il l'aimait, il n'avait jamais été aussi sincère de sa vie.

Son départ, le lendemain, le rendait fou. Comment allait-il gérer son absence alors qu'il était déjà en manque d'elle ? Et cela ne faisait que deux heures qu'ils ne s'étaient pas vus. Elle était comme une drogue pour lui. Cela aurait sans doute pu être le cas quinze ans auparavant, admit-il. Mais terrifié à l'idée de ce que cela aurait pu impliquer émotionnellement, il ne lui avait pas donné la possibilité de l'approcher de trop près. Il avait préféré s'arranger pour qu'elle le déteste plutôt que de prendre le risque de l'aimer.

Depuis, il avait évolué et était désormais prêt à toutes les concessions pour qu'elle lui laisse à nouveau une chance. Il voulait lui prouver qu'il désirait réellement construire un avenir à deux, faire d'elle la seule femme de sa vie. L'idée de ne plus faire l'amour qu'avec elle l'aurait épouvanté par le passé tant il était instable, maintenant au contraire, il en était heureux. Son cœur, son corps, son âme lui disaient que désormais aucune autre qu'elle ne le troublerait, qu'il n'aurait plus envie que d'elle. Toutes celles qui croiseraient son chemin n'auraient dorénavant plus aucun intérêt à ses yeux.

Mais pour faire comprendre tout cela à Fanny, il valait quand même mieux qu'elle soit présente, faute de quoi ses efforts seraient vains. Remarquant que sa sœur faisait un signe en regardant derrière lui, il se tourna et sentit sa gorge se nouer. Elle était là et se dirigeait vers eux, un sourire léger aux lèvres.

Hypnotisé, il ne pouvait la quitter des yeux. Aidée par un serveur, elle retira son manteau. Il reconnut les bottes de cuir qu'elle avait portées lorsqu'il était venu la voir à Nantes. Elle était vêtue d'une longue jupe droite chocolat ainsi que d'un chemisier beige. L'ensemble était de bon goût et d'une élégance discrète. Elle s'était maquillée et avait laissé ses cheveux retomber en vagues souples sur ses épaules. Seul un serre-tête les retenait en arrière. Et comme d'habitude, ses poignets étaient ornés de deux épais bijoux en argent gravés de motifs celtiques. Gabriele en fut intrigué, car à bien y réfléchir, depuis qu'il l'avait revue, elle ne les avait jamais quittés. Sauf pour faire son footing, et là encore elle portait des bracelets en éponge. On aurait vraiment pu penser qu'elle cherchait à cacher quelque chose ! Il se promit d'élucider cette énigme dès qu'il en aurait l'occasion.

En approchant de la table où l'attendaient Angie, John et Gabriele, Fanny ne put s'empêcher d'admirer le bel italien qui était toujours son mari. Ce dernier vêtu d'un jean, d'une chemise blanche et d'une veste de velours noir était absolument irrésistible. Sa tenue accentuait ce côté ténébreux qui lui plaisait tant. Galant, il se leva, lui tira sa chaise et l'aida à s'asseoir sous le regard franchement amusé d'Angela qui ne perdait pas une miette du spectacle. Voilà bien longtemps que celle-ci n'avait pas vu son aîné aussi empressé. Et c'était quand même le comble de l'ironie que ce fut avec Fanny. Elle devait lui avoir fait un effet terrible pour qu'il se comporte ainsi.

La conversation fut légère et animée durant presque tout le repas. Ils terminaient leur plat de résistance lorsque John apostropha son beau-frère.

— Eh Gabriele ! À dix heures, il y a une blonde super canon qui te jette des coups d'œil plus que chaleureux.

Aussitôt Gabriele, qui comme la plupart des hommes avait un égo ne demandant qu'à être flatté, se tourna dans la direction indiquée et rendit son sourire à la jeune femme au grand dam de Fanny, qui ressentit instantanément une intense jalousie ainsi qu'une profonde déception. Quoiqu'il ait pu lui servir comme boniments, il ne changerait donc jamais. Toujours à l'affut d'une nouvelle beauté à séduire ! À son tour, elle observa discrètement l'inconnue, et comprit aisément la réaction de ce dernier. Cette fille était absolument splendide. Mince, blonde avec de très longs cheveux, elle avait un visage d'ange et de grands yeux bleus tout à fait admirables. Sa tenue était élégante, et sa mise impeccable. Elle eut beau chercher, elle ne lui trouva aucun défaut. Dire qu'elle avait presque failli croire que son mari pouvait à nouveau s'intéresser à elle. Quelle imbécile ! Elle n'avait rien en commun avec cette créature, même si elle se savait mignonne. Toutefois, il y avait un monde entre jolie et sublime ! Ça lui apprendrait à s'amouracher d'un homme qui pouvait avoir toutes les femmes à ses pieds.

Soudain, elle se rappela toutes les situations similaires dans lesquelles elle s'était trouvée du temps de leur vie de couple. Combien de jeunes femmes telles que celle-ci, lui avaient fait des avances alors qu'elle était debout à côté de lui, enceinte jusqu'aux oreilles de surcroît ! Cela arrivait chaque fois qu'ils sortaient, et c'était souvent le cas !

Prise d'une nausée, aux souvenirs si désagréables qui venaient de surgir du plus profond de sa mémoire, Fanny se leva et gagna rapidement des toilettes du restaurant. Elle avait besoin de respirer, et de se retrouver seule quelques instants, pour surmonter ce sentiment d'angoisse qui s'était éveillé en elle. Cette sensation si déstabilisante, elle l'avait ressentie un nombre incalculable de fois. Elle n'avait jamais eu la moindre confiance en son mari, et chaque femme qui lui avait fait comprendre qu'il ne lui était pas indifférent, était à ses yeux une maîtresse potentielle qui l'éloignerait un peu plus d'elle.

Il lui fallut une dizaine de minutes pour retrouver un semblant de calme. Elle y parvint en se répétant inlassablement que Gabriele n'était plus son époux que sur le papier, et que ce qu'il pouvait faire de sa vie privée lui était totalement égal. Elle avait assez dégusté comme ça, il n'était pas question de recommencer !

En se rasseyant, elle évita les regards inquiets que lui jetèrent le couple et surtout son compagnon.

— Tout va bien, Fanny ? interrogea Gabriele, à qui la pâleur de la jeune femme n'avait pas échappé.

— Oui, oui, ça va. J'ai dû manger trop rapidement, c'est tout.

— Flûte, je t'ai commandé un café liégeois pour le dessert. Si mes souvenirs sont bons, tu n'as jamais su y résister. Mais si tu veux, je peux l'annuler.

— Non, non, ne t'inquiète pas, tout va bien.

— Dans ce cas, excuse-moi un instant. J'ai quelque chose à faire.

Puis il saisit un petit carton, posé près de son verre.

— Qu'est-ce que c'est ? ne put-elle s'empêcher de demander.

— C'est la carte de visite de la blonde. Elle a profité de ton absence pour la lui faire remettre par un serveur, expliqua John en riant, inconscient du malaise provoqué par ces quelques mots.

— Oh, fut tout ce que Fanny trouva à dire.

Prenant le bristol, elle y lut au dos « appelez-moi » suivi d'un cœur dessiné et d'un numéro de mobile. La seconde d'après, Gabriele le lui enleva des mains et se leva pour se diriger vers la table de sa propriétaire, située non loin. Arrivé devant elle, alors que cette dernière se fendait d'un sourire éclatant, il la déchira et laissa les morceaux tomber en pluie près de l'assiette de la blonde, qui venait brusquement de rougir de confusion.

— Désolé, mais je ne suis pas intéressé. Je dîne ici avec ma compagne et ma famille, et je souhaiterais que vous cessiez de me faire votre petit numéro. Cela met mon épouse mal à l'aise, et sincèrement, je suis gêné plus qu'autre chose pour vous. Merci de ne pas poursuivre dans cette voie.

Puis, sans attendre une quelconque répartie de la jeune femme qui bégayait des excuses embarrassées à présent, il revint prendre sa place avant d'enlacer Fanny et de poser sa bouche sur la sienne. Surprise, cette dernière ne songea même pas à protester. Au contraire, elle répondit ardemment, entrouvrant les lèvres pour lui permettre d'approfondir son baiser. Ce qu'il fit sans se faire prier. Au bout de ce qui lui parut durer une éternité, il s'écarta d'elle, la laissant gênée comme rarement dans sa vie.

Angie éclata de rire aussitôt imitée par John. Cependant, elle se promit de discuter sérieusement avec Gabriele dès le lendemain. Celui-ci ignorait ce que Fanny avait traversé depuis leur séparation. Elle-même ne l'avait appris que deux ans plus tôt, quand son amie s'était confiée, durant un séjour qu'elles avaient passé ensemble au Maroc. Elle savait qu'il était peu probable que celle-ci en parle à son frère un jour, alors c'était à elle de le faire. Pour leur bien à tous.

Une fois qu'ils eurent terminé leur café et réglé l'addition – c'était Gabriele qui les invitait —, ils sortirent tous les quatre. Pour ne laisser aucune opportunité à son frère de la séduire, Angie proposa de raccompagner Fanny à son hôtel, et ce fut ensemble qu'ils en prirent la direction.

Gabriele pesta intérieurement contre sa sœur. Pour quelle raison cette dernière avait-elle décidé de faire le trajet avec eux ? Craignait-elle pour la vertu de son amie ? Quelle idiotie ! Jamais il ne lui forcerait la main. Il avait beaucoup trop à perdre ! Dès demain, il lui parlerait sur la route de l'aéroport. Il essaierait de la persuader de revenir le week-end suivant. Cela leur laisserait du temps pour se découvrir l'un l'autre. Comme personne ne serait au courant, ils ne seraient pas dérangés.

Fort de cette conviction, il leur souhaita à tous bonne nuit avant de regagner sa voiture située non loin. Il était presque euphorique. En effet, il venait de voir dans les yeux de la jeune femme qu'il avait marqué des points ce soir. Il avait bien compris que Fanny avait été bouleversée par la blonde du restaurant. Aussi, pour lui prouver qu'il avait changé et qu'elle seule l'intéressait, il avait provoqué cette petite scène. En temps normal, il n'en aurait rien fait, laissant l'autre à ses illusions. Toutefois, en constatant qu'elle était livide, il avait avant tout voulu la rassurer. Il ne fallait plus qu'elle ait le moindre doute sur le fait qu'il puisse être digne de confiance. Il n'avait plus rien en commun avec ce bellâtre imbu de lui-même qu'il avait été autrefois.

En arrivant au domicile de ses parents, il se dirigea directement vers le bureau de son père où se trouvait un coffre. Il en connaissait la combinaison, tout comme ses frères. Mais, ce n'étaient ni les titres de propriétés, ni les relevés de comptes, ni les bijoux de sa mère qui l'intéressaient en cet instant. Non, c'était une petite boîte de velours bleu. Il mit un peu de temps à la localiser, car elle avait été reléguée au fond, cachée derrière une liasse de documents. Quand enfin, il la trouva, il referma la lourde porte, puis s'installa dans un fauteuil, avant d'ouvrir lentement l'écrin. Celui-ci contenait son alliance. Celle que Fanny avait passée à son doigt le jour de leurs noces, et qu'il avait retirée dès le lendemain pour la confier à Maurizio. À l'époque, il avait voulu choquer ce dernier. Maintenant, il regrettait ce geste puéril, d'autant que celui-ci n'avait pas bronché. Il saisit l'anneau d'or serti de diamants, et le tint dans sa paume durant un instant. Puis, il le glissa à son annulaire gauche. Il brillait de mille feux, contrastant avec la peau bronzée de sa main.

En l'observant, Gabriele ressentit une émotion intense qui lui noua la gorge. Ce bijou prenait aujourd'hui, quinze ans après, sans doute quinze ans trop tard, toute sa signification. Mais mieux valait tard que jamais. Et désormais, il ne le quitterait plus jusqu'à son dernier souffle. Il en avait la certitude.

11

Le lundi matin, Fanny attendait Gabriele à la réception de l'hôtel à dix heures, comme convenu la veille. Elle n'avait pratiquement pas dormi de la nuit, une fois de plus. Sa tête était pleine d'interrogations auxquelles elle n'avait pas su trouver de réponses. Une migraine commençait à vriller ses tempes et elle n'avait qu'une hâte : retrouver son appartement où elle pourrait se détendre et se reposer avant de reprendre les cours à l'université, le lendemain.

Il arriva avec quelques minutes de retard. Assise dans un fauteuil qui faisait face à la porte d'entrée, elle fut, comme chaque fois qu'elle l'apercevait, estomaquée par son allure et sa prestance. Dès qu'il la vit, Gabriele se dirigea vers elle, indifférent au regard ouvertement admiratif de la réceptionniste. Fanny secoua la tête avec découragement. C'était systématiquement la même chose ! Il ne pouvait pas pénétrer dans un lieu sans susciter l'engouement de la gent féminine présente. Comment, un homme si souvent soumis à la tentation, était-il en mesure de ne rester fidèle qu'à une seule femme ? A fortiori, elle. Impossible ! Même si ce qu'il lui avait affirmé était vrai et qu'il ne l'avait pas trompée durant leur mariage, elle n'avait jamais eu confiance en lui. Pour quelle raison ? Elle l'ignorait.

Sans doute, son comportement au moment de leur rencontre ou encore sa réputation de play-boy, n'y étaient-ils pas étrangers. Pourtant la veille, il avait repoussé sans ménagement les avances de la jeune femme du restaurant, arguant qu'il était déjà pris et nullement intéressé. Cela l'avait profondément déstabilisée, car tant qu'il était un coureur de jupons invétéré, cela lui donnait toutes les raisons de le détester, alors que là… Écartant ces idées, qui lui parurent bien déprimantes, Fanny se leva et saisit sa valise.

Elle eut juste de temps de se redresser. Déjà, Gabriele lui plantait un baiser sur les lèvres, la faisant rougir comme une écolière. Décidément, y aurait-il un jour où cet homme ne la troublerait pas ? C'était agaçant à la fin ! Quant à la promesse qu'il lui avait faite le samedi matin, elle semblait remisée aux oubliettes depuis la veille. Aucun ami n'embrassait ainsi, ou alors il avait une conception de l'amitié qui lui échappait totalement !

En s'installant au volant de son 4X4, Gabriele sourit intérieurement. Non seulement, elle n'avait pas protesté lorsqu'il lui avait dérobé un baiser, mais en plus elle avait piqué un fard, ce qui lui prouvait une fois de plus, qu'il ne lui était pas indifférent. Il se raccrochait à ces petits détails, qui lui donnaient de l'espoir, et la foi en un avenir pour eux.

Fanny contemplait son compagnon, qui était en train d'insérer la voiture dans la circulation particulièrement dense, lorsqu'un éclat provenant de main gauche attira son attention. À la vue du bijou, elle blêmit brusquement.

— Dis donc, mais qu'est-ce que c'est que ça ? demanda-t-elle, avec agressivité.

— Quoi ? fit Gabriele, en feignant la plus totale innocence.

— Arrête de faire l'hypocrite ! Pourquoi as-tu remis ton alliance ?

— Ah çaaaa…

— Oui, çaaaa ! Oh, tu m'énerves, tu m'énerves, tu m'énerves ! Pendant presque quinze ans, je n'ai pas entendu parler de toi une seule fois. Et maintenant, monsieur voit ses premiers cheveux blancs, ses premières rides et il décide d'un coup que finalement, cette épouse oubliée de tout le monde et surtout de lui, peut éventuellement reprendre du service. Mais, tu n'as pas honte, espèce de manipulateur insensible !

Sidéré par ce coup d'éclat, Gabriele se gara sur la première place de parking qu'il trouva, avant de se tourner vers la jeune femme.

— Pourquoi m'as-tu fait ça, hein ? Ça ne te suffit pas de me faire ton numéro de séducteur depuis vendredi ? En six mois de mariage, je ne pense pas avoir eu droit à autant d'attentions de ta part que depuis que nous nous sommes revus. Tu me déstabilises complètement ! Tu veux que je te dise... Tu m'as trop fait souffrir autrefois, pour que, maintenant, je fasse comme si rien n'était jamais arrivé !

— Je croyais qu'on avait décidé de ne plus aborder cette période !

— Dans la mesure où tu as exhumé ce bijou, cette résolution devient caduque. Tu n'aurais jamais dû faire cela. C'est vraiment un coup bas.

Ulcéré par cette interprétation totalement erronée de son geste, Gabriele sentit la colère monter en lui. Alors, malgré le fait qu'elle l'ait aidé, malgré tout ce qu'il avait pu lui dire, lui expliquer, tenté de lui prouver, elle le traitait toujours comme un monstre d'arrogance, comme si tout ce qui s'était passé entre eux ces deux derniers jours n'était que le fruit d'un sombre stratagème. Ah, elle voulait de la spontanéité ! Eh bien, elle allait en avoir !

Aussitôt pensé, aussitôt fait. Il déboucla sa ceinture et celle de sa passagère, puis la saisissant par les épaules, il la regarda droit dans les yeux :

— D'accord, j'ai déconné autrefois. D'accord, jamais je ne parviendrai à te faire oublier mon comportement d'avant. Mais c'était il y a quinze ans ! Tu ne vis que dans le passé ! Reviens à la réalité, bon sang ! Tu as changé. J'ai changé. Ne peux-tu pas accepter un instant que j'ai eu un véritable coup de foudre pour toi lorsque je t'ai revue ? Le fait que tu sois déjà ma femme est une formidable chance et non un problème ! Je t'aime Fanny, vraiment. Ne gâche pas tout en refusant de te laisser convaincre par la sincérité de mes sentiments.

— Tu confonds amour et reconnaissance. Jamais je n'aurais entendu parler de toi à nouveau, si je n'avais pas mis le doigt sur LE détail qui a permis de révéler l'odieux comportement de Sofia. Et puis, j'ai partagé Léo avec toi. Personne n'aurait pu faire ça pour toi. Alors, réfléchis bien et sois honnête avec toi-même, tu ne m'aimes pas vraiment. Par contre, tu es plein de gratitude pour tout cela et...

— Arrête ça immédiatement ! Je t'interdis de penser à ma place. J'ai trente-neuf ans, et je sais parfaitement ce que je ressens. Je n'ai pas besoin de toi pour me le dire. Cette alliance a pris toute sa signification hier au soir. Pour moi, c'était une évidence de la porter, parce qu'elle me lie à toi. Je comprends maintenant que cette bague représente tout l'amour que j'ai pour toi, et il y en a beaucoup. Jamais je n'aurais dû la retirer de mon annulaire à l'époque...

— Mais pour l'enlever, il aurait déjà fallu que tu la mettes ! Or, jamais tu ne l'as gardée à ton doigt. Et aujourd'hui, tu viens me faire des leçons de morale sur tout ce que signifie cet anneau, les liens du mariage et blablabla... Non, mais je rêve ! Mon alliance, je l'ai portée pendant presque six ans, alors qu'en ce qui te concerne, pas un jour, tu n'as daigné faire de même. Regarde-la ! Si elle scintille autant c'est qu'elle est neuve tandis que la mienne est nettement plus usée !

— Et où est-elle maintenant ?

— Elle est chez moi, mentit-elle effrontément.

En fait, le bijou se trouvait au bout d'une chainette qu'elle avait tous les jours autour du cou. Par un concours de circonstances, et surtout parce qu'elle était très en retard le vendredi précédent, elle ne l'avait pas mise. Le collier était resté sur le bord de son lavabo, oublié dans la précipitation. Et c'était tant mieux ! Comme ça, il ne se rendrait pas compte du fait qu'elle y était sentimentalement très attachée.

— Fanny, essaya de temporiser Gabriele. Il faut vraiment que nous fassions table rase du passé. Tu ne peux pas continuer à interpréter chacune de mes initiatives de travers. Si nous voulons avoir une chance…

— Mais ce que tu refuses de comprendre, c'est que je ne désire pas de nouvelle chance ! Jamais je ne prendrai le risque d'être à nouveau complètement dévastée par un homme. Et je ne te donnerai plus jamais l'occasion de me briser, s'emporta-t-elle plus hargneuse que jamais.

— Ne crois-tu pas que tu exagères un peu les choses ? D'accord, notre mariage a été un désastre et la mort de Léo terriblement douloureuse. Mais de là à évoquer une destruction complète…

— Dix-huit mois d'internement en psychiatrie et une tentative de suicide, ça te parle ? s'exclama-t-elle avant de regretter ces mots, à l'instant même où elle les prononça.

— Quoi ? murmura Gabriele qui avait brutalement blêmi. Je ne te crois pas ! Tu n'es pas le genre de femme à faire ça…

Et en plus, il mettait sa parole en doute ! Cette fois, c'en était trop. Elle retira brusquement ses bracelets et lui tendit la face intérieure de ses poignets. Il observa les cicatrices qui les striaient, sans mot dire. Ainsi c'était cela qu'elle cachait ! Il pensait bien qu'il y avait quelque chose de bizarre, mais jamais il n'aurait imaginé une telle chose.

— Il y a deux jours, je t'ai dit que le désespoir pouvait mener aux pires extrémités. Eh bien, tu en as la preuve. J'ai très souvent regretté mon geste, mais ces marques me rappelleront toujours ce par quoi je suis passée. J'ai failli y laisser ma vie et ma santé mentale. Et la seule personne qui à cette époque se soit un tant soit peu préoccupée de moi était ma mère. Et toi, où étais-tu Gabriele ? En train de faire le beau dans des soirées, avec des actrices. J'espère que tu comprends mieux pourquoi je ne peux pas et ne souhaite pas t'accorder une nouvelle chance. Je t'en supplie, retire cette alliance de ton doigt, le pria-t-elle d'une voix tremblante.

— Non, répondit-il d'un ton calme, mais à l'intonation ferme. Jamais. Je crois que nous devrions repartir si tu ne veux pas rater ton avion.

Puis, ayant redémarré, il se mura dans un profond silence. Il était atterré par les révélations de Fanny, mais cela n'enlevait rien à sa détermination de la reconquérir. Bien au contraire. Il aurait dû être présent lorsqu'elle avait traversé cette période si noire qui l'avait poussée au pire. À l'époque, il avait pensé que la séparation était ce qu'il y avait de mieux pour tous les deux.

Aujourd'hui, il voulait la protéger, lui prouver qu'elle pouvait compter sur lui, quelles que soient les circonstances. Sa confession n'avait en rien émoussé les sentiments qu'il ressentait pour elle. C'était d'ailleurs l'effet inverse qui se produisait. Cela renforçait cet amour inconditionnel et totalement inédit qu'il lui portait. Bien sûr, il en était effrayé, mais en même temps, il n'avait jamais été aussi sûr de lui de toute sa vie.

Le seul bémol était qu'il ne pouvait se départir d'une profonde culpabilité. Cette émotion avait plus ou moins disparu après la confession de Sofia, mais en cet instant, elle réapparaissait plus intense que jamais. Car bien entendu, il ne pouvait nier qu'il avait une très grande part de responsabilité dans la déchéance qu'avait connue sa femme. Toutefois, il l'aimait trop pour renoncer à elle maintenant.

Le reste du trajet se déroula dans le silence le plus complet. À leur arrivée, Fanny proposa à Gabriele de se séparer tout de suite. Il pouvait la laisser rejoindre l'aéroport, seule. Il n'y avait aucun problème, affirma-t-elle, d'un air qu'elle voulut assuré. En fait, elle était complètement chamboulée par la scène qui avait eu lieu quelques minutes plus tôt. Et puis, elle avait honte de lui avoir révélé toute la vérité à son sujet.

Maintenant, il ne la considèrerait plus que comme une femme psychologiquement fragile et certainement plus avec cette admiration qu'elle avait vue briller dans son regard tout au long du week-end. Or, aujourd'hui, elle était forte et il ne lui viendrait plus jamais l'idée de tenter de mettre fin à ses jours. Mais à l'époque, elle avait été si perdue ! Si cette période était loin derrière elle, la leçon avait été amère et lui avait prouvé que toute personne, même la plus équilibrée, était susceptible de basculer très vite dans cette maladie terrible qu'était la dépression.

Comme elle le redoutait, il refusa, l'accompagna jusqu'au couloir d'embarquement et resta près d'elle pendant qu'elle faisait enregistrer ses bagages. Ce fut presque avec soulagement qu'elle entendit l'appel demandant aux passagers de rejoindre le terminal. Quand elle se tourna vers lui pour lui faire ses adieux, il la prit dans ses bras. Comme chaque fois, elle ne le repoussa pas. Elle en était absolument incapable.

Après un baiser empreint de passion, il lui murmura à l'oreille d'une voix presque implorante qu'elle ne lui connaissait pas.

— Reste avec moi Fanny. Ne pars pas…

— Tu sais bien que je ne peux pas faire autrement. Je dois être à l'université demain matin.

— Alors, reviens vendredi et passons le week-end ensemble s'il te plaît.

— Non, Gabriele. Je serai de retour le mois prochain, comme d'habitude.

— Pourquoi ? Je veux que nous puissions nous voir le plus possible. Tu vas tellement me manquer. Je t'aime tant…

— Si tu m'aimes autant que tu le dis, tu respecteras mes choix.

Sur ces paroles, elle se détourna et présenta son billet à l'hôtesse qui avait assisté à la scène, non loin de là, avec une curiosité mal dissimulée.

Gabriele la regarda partir sans bouger. Il avait la gorge en feu, tant il était ému. Pour la première fois depuis qu'il l'avait retrouvée, il avait l'impression de la perdre véritablement et la peur lui noua le ventre. L'épisode de l'alliance et la dispute qui avait suivi, l'avaient, tout comme Fanny, terriblement secoué.

Pourtant, il lui semblait que c'était une bonne chose qu'elle lui ait fait cette confidence. Il ne fallait pas que les fantômes du passé continuent à planer entre eux. Bien sûr, il était très déçu qu'elle ait refusé de revenir en fin de semaine. Si elle avait été un tant soit peu attachée à lui, elle aurait accepté. Toutefois, il se morigéna immédiatement. L'amour n'avait aucun rapport. Par contre, la peur avait tout à y voir. Comment pourrait-il vaincre cette panique qu'il sentait en Fanny à l'idée de renouer avec lui ? Il n'en savait absolument rien. Mais il devait trouver. Et très vite. Faute de quoi, il la perdrait définitivement.

D'un pas lourd, il quitta l'aéroport, et reprit la direction de Milan. Tout d'abord, il devait rencontrer un artiste-peintre afin de confirmer une commande qu'il venait de lui faire. Ensuite, il contacterait l'architecte d'intérieur chargé de la rénovation de Paradiso, pour intégrer les suggestions de Fanny à ses exigences. Il devait profiter du temps libre qui lui restait durant la semaine à venir, car dès le lundi suivant, il lui faudrait réintégrer son poste au cabinet.

Machinalement, il joua avec son alliance. S'il avait supposé que le seul fait de la mettre à son doigt provoquerait une telle dispute entre eux, il se serait abstenu. Quoique… À la réflexion, non. Pour une fois, il avait agi selon son cœur, et ne regrettait pas son geste. Cette douloureuse discussion aurait eu lieu tôt ou tard. Alors il valait sans doute mieux maintenant. Comme ça, au moins il savait à quoi s'en tenir.

Pourtant, il aurait tant aimé que les choses se passent autrement ce matin. Il avait imaginé des adieux pleins de fougue et la promesse qu'elle reviendrait dès le vendredi soir. Mais rien ne s'était déroulé comme prévu. D'ailleurs Fanny n'était-elle pas une femme totalement imprévisible ?

12

Fanny tenta désespérément de se concentrer sur le paquet de copies qu'il lui restait à corriger. En vain. Cela faisait près de deux semaines qu'elle était rentrée de son week-end à Paradiso, et depuis, plus rien n'était pareil. Elle n'avait goût à rien, et même le sport ne lui apportait plus cette sensation de bien-être qu'elle aimait tant. Elle maudit Gabriele en silence. Cet homme était un sorcier qui lui avait jeté un sort. Depuis son retour, il ne l'avait pas appelée, attendant probablement que ce soit elle qui effectue la démarche de le contacter. Par Angie, elle avait eu ses coordonnées, et à plusieurs reprises, elle avait pris son portable pour composer son numéro. Mais chaque fois, elle avait raccroché avant la première sonnerie. Et pourtant, il lui manquait bien plus qu'elle ne l'aurait imaginé.

Dès qu'elle était revenue à Nantes, elle avait compris qu'elle était retombée amoureuse de lui. Désespérément, inconditionnellement amoureuse.

D'ailleurs, elle n'avait probablement jamais cessé de l'aimer. Le seul homme qui lui ait inspiré un tel sentiment. Et tout cela la terrifiait au plus haut point. Elle avait peur de s'exposer une seconde fois à la souffrance. Peur, qu'une fois que Gabriele aurait obtenu ce qu'il désirait, il se lasse d'elle. Peur que son engouement s'éteigne comme il s'était allumé. Qu'adviendrait-il d'elle alors ?

Évidemment, elle était plus forte qu'autrefois, mieux armée pour gérer une rupture. Mais le chagrin et la désolation seraient à nouveau là, intenses, insupportables. Saurait-elle se relever une seconde fois ? Jusqu'à présent, elle avait pensé que non.

Aujourd'hui, elle n'était plus sûre de rien. Dans le doute, elle n'osait pas franchir le pas, même si ces hésitations lui pesaient de plus en plus. S'empêcher de vivre, de vibrer par crainte d'être malheureuse ne lui paraissait pas être la solution. Alors que fallait-il faire ? Cette incapacité à prendre une décision la minait peu à peu. Bon, elle se donnait jusqu'au week-end pour déterminer la voie à suivre, puis elle s'y tiendrait, sans retour en arrière possible.

Elle s'apprêtait à gagner sa chambre pour se coucher, lorsque la sonnette la fit sursauter. Il était presque vingt-deux heures. Qui pouvait bien passer la voir à cette heure-ci ? Elle n'attendait personne. Comme son premier cours commençait à neuf heures le lendemain, il fallait à tout prix qu'elle dorme. Nouvelle sonnerie. Rapidement, elle se dirigea vers l'entrée et décrocha l'interphone.

— Qui est là ? demanda-t-elle, prête à éconduire un éventuel importun.

— Fanny, c'est Gabriele. Laisse-moi monter, répondit une voix profonde qu'elle ne connaissait que trop bien.

— Gabriele ! s'exclama la jeune femme.

— Oui. Alors, tu m'ouvres ?

Machinalement, elle appuya sur le bouton qui permettait de déverrouiller la porte à distance. En attendant qu'il la rejoigne, elle jeta un coup d'œil dans la glace collée sur le placard de l'entrée. À la vue de son allure, elle poussa un cri effaré et se précipita vers la salle de bain. Oh lala ! Elle ressemblait à un épouvantail avec ses cheveux en bataille, à force d'y avoir fourré les mains, son visage dénué de tout maquillage et les cernes profonds qui ombraient ses joues. Quant à sa tenue, quelle horreur ! Elle portait un vieux leggings gris avec de grosses chaussettes et un pull informe qui lui arrivait presqu'aux genoux.

Rapidement, elle brossa et rassembla les mèches en queue de cheval, puis se passa un gant de toilette humide sur la figure, en espérant que sa fraîcheur atténuerait la rougeur qui l'avait gagnée depuis qu'elle avait appris l'identité de son visiteur. Il était trop tard pour se changer, car en retournant dans l'entrée, elle entendit l'ascenseur qui s'arrêtait à l'étage. Quelques secondes après, Gabriele était devant elle.

Vêtu d'un costume anthracite, d'une chemise blanche et d'une cravate pourpre sous un long manteau noir, il était à tomber ! Cela lui rappela encore plus à quel point elle était négligée dans sa mise.

Pourtant, dès qu'il croisa son regard, elle oublia tout. Il ferma la porte derrière lui, et sans un mot l'enlaça. Comme d'habitude, elle fut incapable de lui dire non ou de le repousser. Le visage niché dans le cou de la jeune femme, il chuchota d'une voix rauque.

— Tu me manquais trop ! Je n'ai pas pu résister au besoin que j'avais de te voir. Je t'en prie, ne me demande pas de partir maintenant.

Pour toute réponse, Fanny posa sa bouche sur celle de Gabriele. Aussitôt, il s'enflamma. Forçant le barrage de ses lèvres, il intensifia son baiser provoquant une réaction enfiévrée de la jeune femme. Elle avait le corps en feu, comme chaque fois qu'il la touchait. Et ce soir, elle ne s'arrêterait pas. Même si elle devait le regretter amèrement, elle voulait revivre cette expérience hors du temps, qu'était, faire l'amour avec Gabriele.

Alors avant de risquer de changer d'avis, elle lui prit la main et l'emmena dans sa chambre. En prévision du moment où elle se coucherait, elle avait allumé sa lampe de chevet, ouvert son lit et préparé un livre.

Gabriele avait la gorge nouée par l'émotion. En venant la rejoindre ce soir, il n'avait pas imaginé que cela le conduirait jusque dans cette pièce. Cet instant, il l'attendait depuis qu'il l'avait revue, environ un mois plus tôt. Il voulait prendre son temps, la combler pour que ses dernières hésitations s'écroulent les unes après les autres. Mais, il la sentait intimidée. Elle avait fait le premier pas en l'amenant ici et il supposait que cela lui avait demandé beaucoup de courage. Si comme elle l'affirmait –et il n'avait aucune raison de mettre sa parole en doute–, elle n'avait eu aucune relation charnelle depuis près de quinze ans, cela devait être terriblement angoissant pour elle. C'était à lui de la rassurer, de lui prouver à quel point elle était désirable.

Il retira son manteau, sa veste et sa cravate qu'il déposa sur une causeuse. Sa chambre était très agréable, avec une moquette claire, deux murs gris souris et deux autres murs blancs. Meublée d'un lit à deux places, d'une commode, de deux chevets ainsi que de deux chaises en bois et velours, elle offrait une impression de confort et de chaleur qui lui plut instantanément.

Quand il s'approcha à nouveau de Fanny, il s'aperçut que celle-ci tremblait. Elle était si jolie avec son pull trop grand et sa queue de cheval qui lui donnait l'air d'une lycéenne. Elle faisait partie de ces rares femmes qui étaient tout aussi belles sans maquillage. Tendrement, il l'enlaça, avant de l'embrasser avec une infinie douceur.

Puis s'écartant sans pour autant la lâcher, il lui caressa la joue avec le dos de sa main. Il se débarrassa ensuite de ses chaussures et de ses chaussettes avant de la faire s'allonger sur le lit et de l'y rejoindre. La prenant à nouveau dans ses bras, il murmura, le visage plongé dans les cheveux de la jeune femme qu'il venait de libérer de leur lien.

— Fanny, si tu n'es pas prête, ce n'est pas grave. Je me contenterai de rester près de toi, de dormir en te serrant contre moi.

— Tu n'en as pas envie ? s'étonna-t-elle en redressant la tête.

— Bien sûr que si, je le désire. Depuis des semaines… Mais je t'aime assez pour attendre si toi tu n'es pas sûre de toi. Je ne voudrais pas que demain au réveil, ce soit la douche froide et que tu me le reproches.

— C'est très noble de ta part, preux chevalier, tenta-t-elle de plaisanter. Mais à partir du moment où je t'ai invité dans ma chambre, il me semble que les choses sont très claires.

— Alors, dis-le-moi.

— Quoi ?

— Que tu as envie de moi ! Que tu as vraiment envie de moi !

— Je veux faire l'amour avec toi. Tu es le seul homme à qui je n'ai jamais su résister. L'égo surdimensionné de monsieur est-il satisfait ? ne put-elle s'empêcher d'ajouter, avec une pointe d'ironie.

Gabriele prit le visage de Fanny en coupe entre ses mains et la regardant droit dans les yeux, murmura :

— Ce n'est pas une question d'égo. Soit dit en passant, depuis quelques semaines, le mien est plutôt malmené, lui fit-il remarquer non sans humour. Sérieusement, je tiens vraiment à être certain que c'est ce que tu souhaites réellement.

— Alors, n'en doute pas un instant, répliqua-t-elle d'un ton solennel.

Ce fut le signal qu'il attendait. Se penchant sur elle, il s'empara de sa bouche en un baiser brûlant auquel elle répondit immédiatement. Puis, sans cesser de l'embrasser, il la déshabilla lentement, redécouvrant avec passion chaque centimètre de sa peau. Mais lorsque Fanny voulut lui rendre ses caresses, il essaya de l'en empêcher. En effet, il ne souhaitait penser qu'à elle, à son plaisir.

Toutefois, le regard attristé qu'elle lui lança, lui fit aussitôt voir les choses sous un autre angle. Il avait toujours considéré que faire l'amour était un art, dans lequel il excellait. Là, ce qui se passait allait bien au-delà de tout ce qu'il avait connu. Il s'agissait d'un échange, de partage, de l'union de leurs esprits, tout autant que celle de leurs corps. D'ordinaire, il n'aimait rien tant, que mener le jeu. Mais, en cet instant, tout était différent. Il s'apprêtait à ne faire qu'un avec la femme qu'il chérissait plus que tout au monde.

Alors, pour la première fois, il laissa parler ses sentiments et son instinct, plutôt que sa technique. Prenant la main de sa partenaire, il la posa sur son torse, lui montrant ainsi qu'il acceptait qu'elle le touche.

Fanny n'hésita pas et s'empressa de déboutonner la chemise de Gabriele qui atterrit peu après sur le plancher. Moins de deux minutes plus tard, ils étaient tous deux nus, allongés au creux du lit sous la couette douillette. Lorsqu'elle sentit son corps entrer en contact avec celui de son mari, elle fut envahie de sensations terriblement excitantes. De petits frissons la parcouraient, lui donnant la chair de poule. Puis très vite, sous ses tendres attouchements, elle oublia tout.

Faisant fi de sa timidité, elle lui rendit chaque caresse, chaque baiser, même les plus osés. Elle n'était plus que sensualité entre ses bras. Elle adorait effleurer ses muscles puissants qui tressautaient lorsqu'elle passait ses doigts ou sa bouche sur lui. Le goût de sa peau, légèrement salée, l'excitait à un point inimaginable.

De son côté, Gabriele frôlait les seins, les cuisses, l'intimité de la jeune femme encore et encore. À plusieurs reprises, il la mena à l'orgasme de ses mains, de ses lèvres, et c'était pour lui un sentiment de joie extrême que de la guider au plaisir.

Fanny, pour sa part, n'était plus qu'une marionnette entre ses bras. Inconsciente de tout ce qui n'était pas lui, elle lui permettait de jouer de son corps tel un virtuose. Les tremblements, les frissons s'enchaînaient les uns après les autres, la laissant chaque fois à bout de souffle. Et à peine avait-elle repris ses esprits, que déjà il recommençait. Jamais elle n'aurait imaginé qu'il était possible d'avoir autant d'orgasmes en si peu de temps.

Toutefois, au bout d'un moment, elle comprit que Gabriele n'y tiendrait plus et en silence, elle acquiesça quand il lui lança un regard brûlant. Alors, il s'allongea sur elle, et d'un mouvement souple, il la pénétra. Fanny poussa un gémissement, trahissant à quel point c'était une sensation exquise pour elle. Il avait toutes les peines du monde à se contenir tant la félicité que lui procurait cette union le transperçait. Il lui semblait que jamais, il n'avait vécu une telle expérience, pas même durant leur mariage. Là, en cet instant, c'était pour lui du bonheur à l'état pur. Les soupirs de Fanny le transcendaient.

Lorsqu'il sentit le souffle de sa compagne se précipiter, il amplifia leur corps à corps, menant Fanny à une jouissance extraordinaire. Alors, il se laissa aller, envahi par un plaisir inouï. Il lui fallut de longues minutes pour revenir enfin à la réalité. S'apercevant qu'il pesait de tout son poids sur elle, il voulut s'écarter, mais dès qu'elle comprit son intention, la jeune femme resserra son étreinte, refusant de le sentir s'éloigner. Gabriele bascula sur le côté sans la lâcher pour autant. Les paroles entre eux étaient inutiles. À certains moments clés de la vie, les silences complices valaient tellement mieux que des mots qui auraient peut-être gâché ces instants de bonheur sans pareil.

Durant le reste de la nuit, ils ne fermèrent pas l'œil, trop occupés à se redécouvrir, à approfondir et à aller au bout de cette alchimie incroyable qui, si elle avait existé quinze ans auparavant, avait gagné en intensité de façon prodigieuse. L'aube pointait, lorsqu'ils s'endormirent dans les bras l'un de l'autre.

Quand la sonnerie du réveil résonna dans la chambre silencieuse, Fanny eut toutes les peines du monde à émerger du sommeil bienheureux dans lequel elle était plongée. Tout contre elle, elle sentait le grand corps musclé de Gabriele. Son souffle régulier lui laissa penser qu'il était encore assoupi. À contrecœur, elle s'extirpa du lit douillet et se rendit sans bruit vers la salle de bain. Là, elle prit une douche chaude et se brossa les dents. Peu après, elle ressortit de la pièce pour se diriger à nouveau vers la chambre, juste vêtue de sous-vêtements de coton noir. En y pénétrant, elle constata qu'il venait de se réveiller. Un souvenir serein aux lèvres, son mari était toujours couché sous la couette, se contentant de la contempler d'un œil gourmand.

— Quel charmant spectacle ! Tu ne pouvais pas trouver mieux pour me mettre de bonne humeur dès le matin, plaisanta-t-il en s'étirant tel un chat, avec une satisfaction évidente.

Fanny ne répondit pas. Depuis qu'elle avait ouvert les yeux, elle avait refusé d'analyser ses sentiments, voulant seulement savourer la sensation de plénitude que lui procurait son corps repu par les longues heures passées à faire l'amour.

Maintenant, face à lui, elle ne savait pas quelle attitude adopter. Elle était si peu habituée à ce genre de situation, d'autant qu'elle n'aurait jamais imaginé qu'il la rejoindrait ici, à Nantes. La veille, elle n'avait pas souhaité réfléchir, laissant ses sens céder à l'attraction presque magnétique qu'exerçait Gabriele sur elle. Ce matin, si elle ne regrettait pas un instant cette nuit magique, elle n'en était pas moins terriblement mal à l'aise. Que devait-elle dire ? Que devait-elle faire ? Si elle se montrait trop empressée, il supposerait que c'était du tout cuit. Or, c'était exactement ce qu'elle ne voulait pas.

Gabriele, comme la plupart des hommes, aimait le jeu de la séduction et la conquête, un peu comme un chasseur. S'il s'avérait qu'elle capitulait trop facilement, ne se lasserait-il pas très vite ? La peur d'être à nouveau blessée était toujours en elle, omniprésente. Même si elle avait cédé du terrain, elle restait malgré tout sur ses gardes. Elle voulait bien croire que Gabriele avait changé et, sans doute mûri. Mais de là, à lui faire une pleine et entière confiance, il y avait un pas qu'elle n'était pas sûre d'être capable de franchir. Aussi, était-il plus raisonnable de garder une certaine distance.

Gabriele plissa les yeux, incrédule, en l'observant. Visiblement, elle était à nouveau rentrée dans sa carapace. La jeune femme réservée qui se tenait devant lui n'avait plus grand-chose à voir avec la créature extraordinairement sensuelle qu'il avait serrée dans ses bras toute la nuit.

Brusquement contrarié, il se leva et s'approcha d'elle. Ah non ! Il ne la laisserait pas dresser encore cette barrière entre eux. Lorsqu'il s'était endormi au petit matin, il était persuadé que Fanny était prête à lui ouvrir son cœur. Pour lui, le plus difficile était maintenant derrière eux.

Or, il s'avérait qu'il avait fait fausse route et que cette nuit magique ne l'avait été que pour lui. Il s'en voulut aussitôt de penser une chose pareille. S'il n'avait pas été important pour elle, jamais elle n'aurait couché avec lui. La preuve en était qu'elle n'avait eu aucun autre amant depuis leur séparation.

Fanny se tenait à présent devant l'armoire, lui tournant le dos, et essayant de se concentrer sur le choix des vêtements qu'elle allait mettre. Pourtant, elle sentait sa présence avec une acuité troublante. Il s'approcha d'elle, et lui prenant doucement les épaules, il la fit pivoter vers lui. Aussitôt, il vit la chaîne au bout de laquelle pendait son alliance et en eut un sourire satisfait. Ainsi, non seulement, elle ne s'en était pas débarrassée, mais en plus, elle la portait. Peu importait que ce ne soit pas à son annulaire. C'était déjà un début, et cela signifiait beaucoup pour lui. Pour sa part, il ne quittait plus l'anneau qui brillait à sa main gauche. Pas même pour dormir.

Tendrement, il enlaça la jeune femme avant de poser un doux baiser sur ses lèvres.

— Bonjour, mon amour. Si tu savais comme je me sens heureux ce matin.

— À quelle heure dois-tu repartir ? demanda-t-elle en se dégageant.

La proximité de ce grand corps musclé, nu, la troublait infiniment. Elle avait peur d'être à nouveau tentée, de ne pas pouvoir lui résister. Or c'était exactement qu'elle ne devait pas faire.

Si Gabriele fut surpris par sa réponse qu'il aurait souhaitée plus chaleureuse, il n'en montra rien. Mais pour autant, il en fut extrêmement blessé. Elle ne pouvait pas continuer ainsi avec lui. Elle soufflait sans cesse le chaud et le froid, et cela devenait franchement fatigant. Pour elle et pour lui, elle devait maintenant prendre une décision et s'y tenir, car à ce rythme, ses nerfs allaient lâcher rapidement. Néanmoins, il répondit d'une voix posée à sa question.

— J'ai une réunion à onze heures trente à Paris. Mon train part à huit heures et comme la gare n'est qu'à quelques minutes, il me reste environ une heure à passer avec toi. Quand dois-tu être à la fac ?

— Mon premier cours est à neuf heures. En général, je m'en vais au plus tard à huit heures dix pour être sûre de ne pas être en retard. La circulation est dense le matin.

— Est-ce que je peux utiliser ta salle de bain ? demanda-t-il avant de se rendre, encore en tenue d'Adam, dans l'entrée pour y récupérer le sac abandonné la veille.

— Bien sûr, fais comme chez toi, murmura Fanny qui n'osait toujours pas le regarder dans les yeux.

Quand il pénétra dans la cuisine un peu plus tard, elle était fin prête, en train de faire griller des toasts. Des tasses emplies d'un café odorant, du beurre, des pots de confiture et des verres contenant du jus d'orange avaient déjà été posés sur la table. Fanny lui tournait encore le dos, et il l'observa à loisir. Elle portait un pantalon large noir, un chemisier bleu ciel et des ballerines plates. La tenue était simple, sobre, mais lui allait à merveille. Ses cheveux étaient remontés en chignon au sommet de sa tête, dégageant sa nuque fine.

Il eut aussitôt envie d'y poser les lèvres, mais s'abstint. L'attitude crispée de la jeune femme lui fit supposer qu'une tentative de rapprochement n'était pas opportune, en cet instant. Il valait mieux essayer de comprendre où était le problème et ce qui avait bien pu déclencher un tel revirement. Elle n'était pas de caractère lunatique, donc il y avait bien quelque chose qui devait la tracasser. À lui de la rassurer. Il attendit qu'elle s'installe en face de lui et lui tende l'assiette de pain grillé pour passer à l'offensive.

— Allons-nous en parler, ou vas-tu continuer à faire comme si cette nuit n'avait pas eu lieu ? interrogea-t-il de but en blanc.

Après tout, il valait mieux crever l'abcès tout de suite, plutôt que de laisser la situation s'enliser.

— Mais, je… bégaya-t-elle en rougissant.

— Arrête Fanny. Depuis ton réveil, tu n'as pas eu le courage de me regarder une seule fois dans les yeux. Je vois bien que quelque chose ne tourne pas rond. Alors s'il te plaît, parle-moi. Dis-moi ce qui te chagrine.

Elle sembla hésiter un instant, posa la tartine qu'elle venait de beurrer, puis finalement l'observa avec une inquiétude non dissimulée.

— Je me demande si nous n'avons pas commis une erreur cette nuit, murmura-t-elle d'une voix tremblante. Je crois que les choses vont trop vite pour moi, et je ne sais pas bien où j'en suis. J'ai besoin d'un peu de temps.

Gabriele accusa le coup. Il ne s'attendait pas à cela. Il pensait sincèrement qu'après tant de passion, ils avaient dépassé cette peur qu'elle éprouvait à l'idée de s'engager avec lui. Il réalisa qu'il n'en était rien. Visiblement, Fanny ne l'aimait pas assez pour essayer de surmonter cela. Cela le peina terriblement.

— J'aurais pu comprendre si tu avais prononcé ces paroles après la première fois, hier soir. Mais l'erreur, comme tu l'indiques si bien, s'est répétée à plusieurs reprises. Et il ne me semble pas que tu aies trouvé à y redire.

— Gabriele, souffla-t-elle, les yeux brillants de larmes. Ne sois pas mesquin. Tu ne l'as jamais été, alors ne commence pas maintenant. Tu sais que c'est difficile pour moi. Et…

— Et pour moi ? Comment crois-tu que ce soit ? explosa-t-il, saisi par ce qui ressemblait à de la colère, mais aussi à du dépit. Penses-tu que c'est facile d'être considéré comme un vulgaire amant de passage, ce matin ? Depuis que je t'ai revue, je t'ai dit et je t'ai prouvé par tous les moyens dont je disposais que je t'aime comme jamais je n'ai aimé aucune femme de toute ma vie. Et toi, avec tes hésitations, tu avances pour mieux reculer l'instant d'après. C'est la même chose à chaque fois. Je ne sais jamais où j'en suis. Tu es en train de tout détruire, ajouta-t-il d'une voix dure, en se levant et sortant de la cuisine pour récupérer son manteau et son bagage dans l'entrée.

— Toi, c'est il y a quinze ans que tu as tout gâché, s'écria-t-elle vexée par ses paroles qui étaient pourtant le reflet de la réalité, elle l'admettait.

Quel démon la poussait sans cesse à se retrancher dans cette tour d'ivoire dès qu'elle en venait à éprouver des sentiments qui lui semblaient trop intenses ?

Gabriele revint sur ses pas, mais resta posté sur le pas de la porte.

— Si tu n'as pas réussi à dépasser cela, alors tu n'as rien compris. La vérité c'est que tu refuses le bonheur quand il se présente à toi. Tu n'acceptes pas d'être heureuse et tout simplement de vivre parce que Léo est mort. Je réalise seulement maintenant à quel point cela a été dur pour toi, mais te punir ainsi, nous punir ainsi, ne le fera pas revenir. Je sais que tu m'aimes, tu me l'as prouvé cette nuit. Ce qui nous arrive est magique. Ça l'était il y a quinze ans, même si j'ai été trop aveugle pour le voir. Aujourd'hui, c'est toi qui es prête à renoncer à tout cela. J'espère que ta peur te tiendra chaud l'hiver pour les prochaines années. Parce que c'est comme cela que tu finiras. Seule et amère. Bon courage… ajouta-t-il avant de quitter l'appartement en claquant la porte.

Fanny demeura prostrée sur sa chaise. C'était terminé, et tout était de sa faute. Oh ! Bien sûr, Gabriele était un avocat brillant, qui savait manier le verbe avec talent et mettre l'accent sur ce qui faisait mal. Mais tout ce qu'il avait dit n'était que la vérité, ni plus ni moins. Depuis la mort de Léo, elle avait tout simplement refusé de vivre. Elle avait rejeté toute forme de bonheur, parce que son enfant chéri ne le connaîtrait jamais. Il avait vu juste en lui rappelant que cela ne le ferait pas revenir, mais c'était plus fort qu'elle. Dès qu'elle ressentait une émotion qui s'apparentait de près ou de loin à un sentiment de joie ou de sérénité, elle se retranchait sur elle-même, malade de culpabilité et de désespoir.

On s'accommode finalement de vivre dans la mélancolie, cela donne l'impression de ne pas oublier celui qui n'est plus là. Pourtant aujourd'hui, alors que Gabriele venait de s'en aller, Fanny se sentit submergée par la sensation d'un immense vide.

Cependant, il se trompait en pensant que c'était à cause de leur fils qu'elle avait toujours été incapable de s'impliquer dans une relation. Il n'avait jamais compris – pas plus autrefois que maintenant — à quel point elle l'aimait. Il était le seul et unique homme qui ait compté pour elle. Voilà pourquoi elle n'avait jamais pu se donner à un autre.

Et maintenant, eh bien maintenant... Il était trop tard ! Par peur d'une hypothétique souffrance, qui n'existait que dans son imagination, elle avait tout perdu, pour la seconde fois.

13

En entendant la sonnette de la porte d'entrée résonner, Fanny sentit les battements de son cœur s'accélérer. Peut-être était-ce Gabriele ? Cela faisait presqu'une semaine qu'ils avaient eu cette discussion pénible, au lendemain de leur nuit d'amour. Depuis, elle n'avait plus aucune nouvelle. Cela la rendait terriblement malheureuse, mais pour autant, elle ne voulait pas l'appeler. Leur explication devait se faire de vive voix, et non par téléphone.

Elle ne l'avait pas recontacté, afin de leur permettre à tous deux d'avoir le recul nécessaire à une ultime confrontation, qui, elle le désirait sincèrement, aboutirait vers un avenir plus radieux pour eux. Dans le cas contraire, elle ne pourrait s'en prendre qu'à elle-même. Gabriele lui avait tout offert, et elle avait tout refusé, voyant dans chacun de ses gestes, une intention cachée. Ce qu'elle pouvait être négative ! C'en était presque désespérant !

Depuis une semaine, elle se traînait, incapable de se concentrer, ni de trouver le moindre plaisir dans quoi que ce soit. Les journées étaient un calvaire, durant lesquelles, elle s'obligeait à masquer sa tristesse sous un air jovial de façade. Le soir, lorsqu'elle était chez elle, elle pleurait toutes les larmes de son corps. Elle sanglotait sur son enfant, son amour pour Gabriele, sa peur à l'idée qu'il puisse s'être lassé de ses atermoiements incessants.

Dans trois jours, elle se rendrait à Paradiso, avec une semaine d'avance, en espérant que son mari serait là et surtout qu'il accepte de la recevoir. Le bruit insistant de la sonnette la sortit de son introspection. Elle se précipita vers l'entrée et décrocha l'interphone.

— Oui ?

— Bonjour Fanny. C'est Maurizio et Yolanda.

Fanny enclencha le mécanisme qui permettait l'ouverture, extrêmement surprise. Que lui voulaient-ils ? Était-il arrivé quelque chose à Gabriele ? Mon Dieu ! Si c'était le cas, elle ne se pardonnerait jamais de ne pas lui avoir parlé plus tôt. Ses mains tremblaient tellement, qu'elle dut s'y reprendre à deux fois pour déverrouiller la porte de son appartement.

Elle accueillit les parents de son mari avec un calme qui n'était qu'apparent et les invita à prendre place dans le salon. Ils s'installèrent sur le canapé, mais refusèrent la boisson qu'elle leur proposa. Fanny était de plus en plus nerveuse, ne sachant pas ce qui motivait leur visite. Ce fut Maurizio qui entra dans le vif du sujet dès qu'elle fut assise.

— Si nous avons pris la liberté de venir vous voir ma chère enfant, c'est que nous sommes très inquiets pour notre fils. Seul, je n'aurais pas eu le courage ni même l'idée de faire cette démarche, parce que j'ai toujours pensé que Gabriele était assez grand pour gérer lui-même sa vie et qu'il n'accepterait pas que nous nous en mêlions. Mais Yolanda m'a persuadé que c'était la meilleure solution et quand elle a proposé de m'accompagner, j'ai su que nous faisions ce qu'il fallait.

« Ma chère enfant », voilà qui la changeait de la manière dont on l'avait traitée par le passé, songea Fanny avec cynisme. Les parents de Gabriele semblaient soudain l'apprécier, alors qu'ils l'avaient toujours rejetée du temps de son mariage. Comme si elle avait lu dans ses pensées, Yolanda intervint d'une voix douce.

— Fanny, nous reconnaissons que nous nous sommes très mal comportés avec toi autrefois. Nous n'avons jamais cherché à savoir qui tu étais. Pour nous, tu n'étais qu'une gamine venue de nulle part, dont la mère avait le pouvoir de détruire tout ce pour quoi nous nous étions sacrifiés. Nous le regrettons sincèrement aujourd'hui. Mais essaie de comprendre, pour nous il était évident que Gabriele se marierait avec une Italienne, issue d'une bonne famille. C'était la tradition chez nous, et nous sommes de la vieille école. Et puis il y avait cette histoire avec Sofia, qui s'était volontairement blessée en l'accusant de l'avoir frappée. Ah si je la tenais celle-là ! s'exclama-t-elle avec colère.

« Et moi donc », se dit sa bru en repensant à la rousse avec un frisson de dégoût.

— Bref, tout cela pour t'expliquer que nous avons conscience de nos erreurs et nous voudrions te demander pardon, continua Yolanda. Maintenant que nous t'avons revue, nous savons que tu es la femme qu'il faut pour notre fils. Je ne l'avais jamais senti aussi heureux que le week-end où vous avez dîné à la maison. Nous avons découvert une personne formidable, sûre d'elle et d'une intelligence rare. Qui plus est, nous avons honte de ne pas avoir veillé à la tombe de Léo. Nous étions ses grands-parents, et après sa mort, nous avons fait comme s'il n'avait jamais existé. Ce n'était vraiment pas bien de notre part. Alors nous nous excusons, sincèrement, et nous espérons que tu ne nous tiendras pas rigueur de nos mauvaises actions.

— Non, bien sûr que non, répondit-elle avec étonnement, car elle le pensait vraiment. Tout cela s'est passé il y a si longtemps… Et puis je n'oublie pas que c'est grâce à l'argent que vous m'avez donné, que j'ai pu faire mes études dans les meilleures conditions. D'ailleurs, je souhaiterais vous en rembourser déjà la moitié. Le reste suivra…

— Non, non, protesta la vieille dame mal à l'aise. Nous ne sommes pas venus pour cela. Tu ne nous dois rien !

Fanny se tourna vers Maurizio qui acquiesça en souriant. Néanmoins, elle poursuivit :

— Cela ne m'explique pas pourquoi vous avez fait le déplacement jusqu'à Nantes pour me voir. Vous auriez très bien pu me téléphoner, ou encore m'en faire part lors de mon prochain voyage à Paradiso.

— Eh bien, enchaîna son beau-père, qui semblait chercher ses mots. Nous voudrions te parler de Gabriele.

— Et ?

— Comme nous venons de te le dire, il n'a jamais paru aussi heureux que lorsque vous avez passé la soirée avec nous. Mais il y a deux jours, il nous a rendu visite à la maison et depuis nous sommes inquiets pour lui. Gabriele t'aime, cela ne fait aucun doute. C'est un homme bien, et s'il a commis des erreurs autrefois, il les regrette amèrement, surtout vis-à-vis de toi. Il est malheureux comme les pierres, et nous voudrions que tu lui parles. S'il n'a rien à attendre de toi, si tu ne partages pas ses sentiments, tu dois le lui dire ! Ne le laisse pas espérer pour rien, ce serait trop cruel. Je suis conscient que son comportement passé ne plaide pas en sa faveur, mais il a beaucoup changé, et plus encore depuis qu'il t'a retrouvée. Alors, je t'en conjure, ne le fais pas souffrir inutilement. C'est tout ce dont nous voulions t'entretenir, n'est-ce pas Yolanda ? demanda-t-il en pivotant vers son épouse.

— Oui confirma celle-ci. Je crois que tu as bien résumé la situation, mon chéri.

— Vous êtes venus pour rien, répondit Fanny, car j'avais prévu de me rendre à Paradiso dès ce week-end. J'espérais qu'il y serait, afin que nous puissions discuter du tour que prend notre relation.

— Cela veut-il dire que tu ne partages pas ses sentiments ?

— Bien sûr que si. Je l'aime de tout mon cœur, je l'ai toujours aimé. Depuis le premier regard lorsque j'avais quinze ans. Simplement, j'ai attendu si longtemps qu'il me rende mon amour, que j'ai du mal y croire aujourd'hui. Et puis, comme vous l'avez indiqué vous-même, notre passé commun était un obstacle qui me paraissait insurmontable. Maintenant, je comprends que ce n'est plus le cas.

— Je le savais, je le savais ! Oh, ma petite, s'exclama Yolanda en se levant et en s'approchant d'elle pour la prendre dans ses bras, quel soulagement ! Je suis certaine que vous allez être très heureux tous les deux.

— Pas si sûr, répliqua Fanny. Dernièrement, je l'ai rejeté, et je crains de l'avoir profondément blessé.

— Ne t'inquiète pas ! Si tu lui dis que tu l'aimes, il oubliera tout le reste.

Maurizio se mit debout, puis sortit un trousseau de la poche de sa veste.

— Tiens Fanny, voici les clés du nouvel appartement de Gabriele. Sur la petite carte, je t'ai noté son adresse. Fais-en ce qui te semble juste.

Quelques minutes plus tard, le couple s'en alla, laissant la jeune femme plus désemparée que jamais. Que devait-elle faire ? Suivre son cœur qui lui disait qu'il fallait le rejoindre tout de suite, ou sa raison qui lui soufflait qu'il valait mieux agir comme elle l'avait prévu.

En consultant sa montre, elle constata qu'il était à peine quatorze heures. Le mercredi, elle terminait ses cours à midi pour ne reprendre que le lendemain à quinze heures. Moins d'une seconde plus tard, sa décision était prise. Aussitôt, elle appela l'aéroport pour réserver un billet sur le premier vol, puis se précipita vers sa chambre pour rassembler quelques effets personnels qu'elle jeta à la hâte dans un sac, avant de sortir de son appartement en trombe.

14

Gabriele songea, en quittant le cabinet de son père vers vingt heures d'un pas lourd, qu'il avait l'impression de porter toute la misère du monde sur ses épaules, ces temps-ci. Quoique ! Pas toute la misère du monde ! La sienne lui suffisait amplement et pesait déjà bien assez.

La veille, il avait dû retourner à Paris pour rencontrer à nouveau son client français. Il avait bataillé comme un fou contre lui-même pour ne pas se précipiter chez sa femme. Sa femme ! Il fallait qu'il accepte de voir la réalité en face, et en fasse son deuil. Fanny n'était plus sa femme. Sans doute, ne l'avait-elle d'ailleurs jamais été. S'il avait encore le moindre doute quant à cet état de fait, son silence depuis leur dernière dispute, une semaine auparavant, lui avait enlevé les maigres espoirs qui lui restaient. De toute évidence, elle avait décidé qu'il ne ferait plus partie de sa vie. Bien entendu, il savait qu'il avait été particulièrement maladroit en lui assénant le fond de sa pensée aussi brutalement. Cela dit, il avait beau y réfléchir, il n'y aurait eu aucune manière agréable de le dire.

En fait, il avait espéré que la vérité crue lui ferait l'effet d'un électrochoc, qu'elle réagirait et le rappellerait. Durant toute la journée qui avait suivi, il avait attendu un coup de téléphone ou un message, en vain. Au fur et à mesure, ses illusions avaient diminué et maintenant, il acceptait la mort dans l'âme, le fait qu'elle ne l'aimait pas assez pour avoir envie d'un avenir avec lui. Si tel était son souhait, il devait le respecter. D'ailleurs, il était fatigué d'être celui qui quémande, qui supplie et qui insiste.

Assis au volant de sa voiture, il contempla son alliance avec amertume. Il la portait toujours, mais il avait la sensation qu'elle pesait chaque jour un peu plus lourd à son annulaire. Pour autant, il n'arrivait pas à se résoudre à l'enlever, pas encore… Il eut un sourire teinté d'ironie en se rappelant la réaction de sa secrétaire lorsqu'elle s'était aperçue qu'il avait une bague au doigt. Quand il lui avait révélé avec fierté qu'il était marié depuis quinze ans, il avait cru qu'elle allait faire un malaise !

En arrivant chez lui, il gara son véhicule dans le parking souterrain et gagna l'ascenseur qui le mènerait au dernier étage, avec l'énergie d'un mourant. Le bon côté des choses était qu'il était heureux d'avoir changé d'appartement. Il se sentait tellement plus à l'aise dans ce quartier jeune et cosmopolite de Milan. Rien que pour cela, il devrait remercier Fanny. Il l'avait aménagé personnellement, à son goût. Sans être aussi vaste que celui qu'il avait possédé sur la Via Napoleone, il était spacieux et très lumineux. Qu'il était agréable de s'installer sur sa grande terrasse en sirotant un café ! Dommage qu'il fut seul pour cela.

Durant la journée, il arrivait à vivre presque normalement, noyant son désarroi dans le travail. Mais le soir, le soir… c'était l'enfer. Il demeurait des heures prostré dans son canapé, à ressasser leur première rencontre, à se maudire de ne pas avoir vu clair en lui-même à l'époque, de n'avoir pas été là pour elle quand elle avait eu tant besoin de lui. Cet amour sans espoir le minait, jour après jour, nuit après nuit. Jamais il n'aurait dû se rendre à Nantes ce soir-là. Il avait eu un avant-goût du paradis, et maintenant il ne lui restait plus rien, sauf des regrets, d'immenses regrets.

En pénétrant dans le hall d'entrée de son appartement, Gabriele fut surpris de sentir une agréable odeur de tomates et de basilic. Qui était dans sa cuisine ? Sans doute sa mère, qui croyant bien faire, désirait à tout prix lui remonter le moral. Mais il ne voulait voir personne ! Aussi, se dirigea-t-il immédiatement vers la grande pièce aménagée de meubles rouges et gris. Elle comportait également tout l'électroménager le plus sophistiqué, dont il ne se servirait jamais. Il avait acheté tout ça en prévision de…

En arrivant sur le pas de la porte, il interrompit brutalement le cours de ses pensées. Ce n'était pas sa mère qui se trouvait là, mais Fanny, sa Fanny. Il se frotta les yeux, persuadé qu'il était en proie à des hallucinations, mais quand il les rouvrit, elle était toujours devant lui, souriant timidement.

— J'espère que mon plat n'est pas raté, murmura-t-elle en s'approchant de lui pour déposer un baiser sur ses lèvres. Euh… As-tu passé une bonne journée ? demanda-t-elle encore, visiblement mal à l'aise.

— Que fais-tu ici ? questionna-t-il d'un ton froid. Es-tu venue ce soir pour mieux m'envoyer paître demain ?

— Non ! Je… bégaya la jeune femme.

Elle ne s'était pas attendue à un accueil si glacial, aussi avait-elle du mal à lui expliquer la raison de sa visite.

Ce fut à ce moment-là, que Gabriele aperçut l'alliance à son doigt. Elle l'avait remise. Elle portait à nouveau la bague qu'il avait glissée à son annulaire, le jour de leur mariage. L'identique réplique de celle qui se trouvait au sien. Alors, la prenant dans ses bras sans crier gare, il l'embrassa passionnément, comme un homme ayant traversé le désert durant des jours et des jours, et qui étanche enfin sa soif. Il aurait voulu sauter de joie et danser au milieu de la pièce, mais pour cela, il aurait fallu qu'il la lâche et il en était incapable. Il avait cru la perdre à jamais. Maintenant qu'il la tenait, il ne la laisserait plus s'échapper aussi facilement.

Lorsqu'il s'écarta finalement d'elle, il vit qu'elle pleurait doucement. Alors, il la berça longtemps, lui offrant son épaule pour qu'elle y puise du réconfort, comme l'aurait fait tout mari pour sa femme. D'ailleurs, pour la première fois de sa vie, il avait l'impression de jouer pleinement son rôle d'époux et cela lui procurait une joie intense.

Avec précaution, il l'entraîna vers le salon où il la fit s'asseoir dans le profond canapé, avant de retourner dans la cuisine pour éteindre les plaques. Elle avait préparé une sauce à base de tomates, et de l'eau était en train de bouillir. Dans la mesure où elle n'y avait pas encore plongé les spaghettis, ils avaient un peu de temps devant eux. Aussi, se hâta-t-il de la rejoindre et de s'installer à ses côtés pour la reprendre dans ses bras.

— Pourquoi toutes ces larmes, ma chérie ?

— À cause de ton appartement !

— Qu'est-ce qu'il a ? Tu ne l'aimes pas ?

— Si, beaucoup. Mais ce sont les photos. Elles m'émeuvent tellement. Je suis si touchée que tu aies pensé à lui. C'est si important pour moi ! s'exclama-t-elle en levant les yeux vers les murs blancs sur lesquels étaient suspendus des cadres en bois sombre dans lesquels avaient été placés des agrandissements des clichés de l'album qu'elle lui avait donné. Ceux-ci avaient été tirés en sépia et constituaient les seules décorations de la pièce.

— J'ai déménagé parce que je savais que jamais tu n'aurais mis, ne serait-ce qu'un doigt de pied dans l'ancien appartement. Je l'ai voulu convivial et chaleureux à l'image du tien, pour que tu t'y sentes bien. Mais ces derniers temps, j'ai fini par penser que tu ne le verrais jamais, ajouta-t-il tristement.

— Je suis tellement désolée ! C'est pour cela que je suis là. Tes parents sont passés chez moi aujourd'hui, et nous avons discuté. J'avais prévu de te rendre visite le week-end prochain, mais après leur départ, j'ai décidé de venir tout de suite.

— Pourquoi ?

— Parce que je voulais te dire… eh bien… que je…. hum… je, je…

— Tu ?

— Je t'aime. Je t'ai toujours aimé et à présent, je suis prête à prendre ce que tu as à me donner. Et même si cela ne dure pas, je veux essayer.

— Et si cela dure ?

— Alors je serai la plus heureuse des femmes ! s'exclama Fanny avec un sourire radieux.

— Est-ce que tu repartiras demain ? demanda-t-il d'une voix anxieuse.

— Oui, je m'en irai, parce que je n'ai pas le choix. J'ai un cours à quinze heures. Mais vendredi soir, je serai de retour. Et puis les deux semaines qui suivront, je serai en vacances. Nous aurons alors tout loisir de nous redécouvrir. Et si tu le souhaites, de vivre ensemble.

Gabriele la serra contre lui à l'étouffer. Quand il s'écarta, elle vit que son regard brillait, comme s'il avait les larmes aux yeux. Il se racla la gorge, puis, d'un ton solennel, lui demanda :

— Fanny Biasini, acceptes-tu de m'épouser ? Veux-tu être ma femme, et partager ma vie, dans les bons et les mauvais moments ? Je ne te promets pas d'être un mari parfait. Je ne sais pas repasser, ni même faire le ménage et mes talents culinaires sont très limités. Mais je jure de t'aimer de tout mon cœur et d'être toujours là pour toi.

— Mais nous sommes déjà mariés ! lui fit-elle remarquer malicieusement.

— Nous nous sommes unis autrefois pour de mauvaises raisons. Aujourd'hui, nous le ferons parce que nous nous aimons. Je souhaiterais vraiment que nous renouvelions nos vœux, au cours d'une cérémonie intime. Seuls seraient présents nos amis et ma famille. Qu'en penses-tu ?

— Oui, oui, dix fois, cent fois, mille fois oui… répondit Fanny avec ferveur.

— Euh… Tu es sûre que tu as envie de pâtes maintenant ? demanda-t-il d'un air gourmand.

— À quoi est-ce que tu songes ? feinta Fanny, heureuse comme jamais.

— À ça ! s'esclaffa Gabriele en soulevant la jeune femme dans ses bras, avant de se diriger vers la chambre à coucher.

Ils ne mangèrent le repas préparé, que longtemps après. Une complicité nouvelle s'était installée entre eux. Chacun était désormais sûr des sentiments que lui portait l'autre, et ils respiraient tous deux le bonheur. La vie leur avait offert une seconde chance, et conscients de ce petit miracle, ils étaient tous deux décidés à tout faire pour ne pas le gâcher.

15

Durant le mois qui suivit, Fanny passa tout son temps libre à Milan. Mais il n'était pas rare que Gabriele programme des réunions à Paris, pour pouvoir rester une nuit avec elle. Après maintes négociations avec ses étudiants, elle avait réussi à déplacer certains cours au mercredi. Si bien que cela lui laissait la possibilité de rester en Italie du vendredi soir au mardi soir. Toutefois, elle refusait de quitter définitivement Nantes. Cette ville lui avait tout apporté du point de vue professionnel et elle y était profondément attachée, tout comme elle adorait son appartement qu'elle avait eu tant de mal à acquérir.

Gabriele le comprenait et respectait cela. Jamais plus il ne commettrait la même erreur que par le passé, à savoir la déraciner et l'éloigner des gens qui lui étaient proches. Il avait admis avec le recul que cela avait fortement contribué à la dépression de celle qu'il pouvait désormais appeler sa femme, dans tous les sens du terme.

Durant les premiers jours qui avaient suivi leurs retrouvailles, ils avaient tous deux décidé de tout se dire. Fanny lui avait raconté en détail tout ce qu'elle avait ressenti, à partir de leur première rencontre, lorsqu'elle avait découvert avec effarement qu'elle était enceinte, pendant leur mariage puis après la mort de Léo qui avait sonné le glas de leur union brinquebalante. Il en avait été mortifié et avait compris à quel point il avait été aveuglé par son égoïsme. S'il avait été un peu moins centré sur lui-même, sans doute aurait-il vu les signaux de détresse que lui envoyait sa femme. Avec lucidité, elle avait également reconnu que l'absence de figure paternelle et son jeune âge au moment de sa grossesse l'avaient déjà profondément affectée. Par ailleurs, elle n'avait pas la maturité nécessaire pour se battre et tenter de sauver son couple, ni s'affirmer en tant qu'épouse.

Il avait été tellement plus confortable de se poser en victime ! D'ailleurs, tout le temps qu'avait duré leur union, elle avait attendu le faux pas de Gabriele, persuadée que cela devait arriver un jour ou l'autre. Tout cela l'avait encore fragilisée. En outre, à dix-huit ans, rien ni personne n'aurait pu la préparer à surmonter le drame de la mort d'un enfant, si bien qu'il apparaissait comme une évidence maintenant que la dépression avait été inéluctable.

Gabriele s'était, quant à lui, ouvert sur le fait qu'il avait lui aussi été terriblement peiné par la perte du bébé. Seule la culpabilité de se croire responsable de cet accident, l'avait empêché de se rapprocher d'elle. Il n'avait pas cherché à la retenir, tout simplement parce qu'il avait trop honte de son propre comportement pour oser seulement la regarder dans les yeux.

Une fois les malentendus éclaircis, ils eurent l'impression d'avoir fait le tour de la question. Le passé était le passé, et rien de ce qu'ils pourraient ajouter, ne le changerait. Celui-ci n'appartenait qu'à eux, et dès lors qu'ils avaient pris la décision de se donner une nouvelle chance, il n'y avait plus lieu de l'évoquer. Ils devaient se tourner vers l'avenir, et s'extirper de cette dramatique expérience qui leur avait jusqu'à présent bien assez gâché la vie. Pour Léo, ils ne devaient pas tout oublier, mais au contraire en garder ce qui avait été positif, c'est-à-dire leur bébé.

À partir de ce moment, leur relation évolua rapidement. Fanny avait baissé sa garde et se donnait totalement à Gabriele, tant physiquement lorsqu'ils faisaient l'amour, qu'émotionnellement. Celui-ci le lui rendait au centuple. Éperdument épris, il ne cachait plus ses sentiments. Même s'ils n'étaient séparés que trois jours par semaine, l'absence de sa femme lui pesait. Aussi, décida-t-il de s'inscrire au barreau de Nantes et d'y créer la fondation « Léonardo Biasini », qui aurait pour vocation de soutenir les plus démunis pour effectuer des démarches juridiques, afin de faire valoir leurs droits. Gabriele finançait cette structure pour partie avec ses fonds propres et la participation du cabinet de son père, et également par le biais l'aide judiciaire à laquelle les plaignants pouvaient prétendre, même si celle-ci était minime.

Comme il parlait un français parfait, la langue n'était pas une barrière et très vite, il eut à répondre à de nombreuses sollicitations. Fanny le soutenait totalement, notamment en prenant en charge la partie financière. Ce projet était leur bébé à eux et ils s'y impliquèrent avec ardeur. Cela lui permit de s'installer à Nantes, les jours où sa femme y enseignait. Ainsi ils n'étaient plus séparés.

En outre, pour lui, qui avait toujours voulu plus que tout les honneurs et le succès, mais qui avait le sentiment, depuis quelques années d'en avoir fait le tour, l'expérience était extraordinairement vivifiante. Se trouver des motivations altruistes, plutôt que l'appât du gain et la course à la réussite, lui procurait une sensation de satisfaction qu'il n'aurait jamais crue possible. Cela le stimulait d'aider autrui, et l'admiration qu'il lisait dans le regard de sa femme était pour lui la plus belle des récompenses. Il n'avait conservé que ses clients les plus importants à Milan. Emilio avait été promu au rang d'associé principal et c'était lui qui avait repris une partie des dossiers de ceux dont Gabriele défendait les intérêts. Ce dernier lui apportait, bien entendu, tout le soutien et les conseils dont il avait besoin.

Pour l'avocat, partager une part de sa vie professionnelle avec sa femme était absolument primordial. Fanny était d'une grande intelligence, et ses suggestions étaient souvent très pertinentes. Ce fut elle qui proposa d'organiser, au début de l'été, un gala de charité à Lugano, afin de collecter des fonds. L'idée séduisit immédiatement Yolanda qui décréta qu'elle se chargerait de l'aspect logistique. La soirée eut un succès inespéré et le couple irradiait de bonheur sous l'œil attendri des invités.

Fin juillet, ils s'unirent, ainsi que l'avait suggéré Gabriele, au cours d'une cérémonie intime où seuls, la famille et les amis proches étaient présents. Empli d'une gravité que l'on pouvait entendre jusque dans sa voix, il prononça à nouveau ses vœux avec une conviction telle, que toute l'assistance en fut profondément émue, Fanny la première. Elle portait une légère robe écrue en coton et dentelle de style vintage et des fleurs dans les cheveux. Gabriele pour sa part, était vêtu d'un costume noir et d'une chemise blanche. Mais il avait spécifié à tous les invités que l'évènement était avant tout placé sous le signe de la simplicité et de la décontraction. Aussi ne vit-on cette fois ni chapeaux, ni queues de pie, ni cravates.

S'en suivit un pique-nique qui eut lieu dans le parc de la propriété de Yolanda et Maurizio. Comme Fanny était en vacances jusqu'à début septembre, ils avaient décidé de rester à Paradiso. La fête battit son plein jusque tard dans la soirée. Une fois la nuit tombée, des lampions furent allumés dans tout le jardin, et ils dansèrent durant de longues heures. L'ambiance était au beau fixe. Les rires et les plaisanteries fusaient et la jeune femme songea qu'elle n'aurait jamais pu rêver mieux pour son mariage. Cela ressemblait fort à sa conception du bonheur. L'homme qu'elle aimait, la famille, les amis, la simplicité qu'elle avait toujours recherchée. Voilà tout ce dont elle avait besoin.

Après avoir quitté la fête pour se rendre à la villa de Paradiso, ils firent un détour par le cimetière. Même si Fanny n'était pas une adepte des visites nocturnes dans ce genre d'endroit, elle n'y aurait renoncé pour rien au monde. Ils se recueillirent longuement sur la tombe de leur fils, puis la jeune femme y déposa son bouquet de mariée afin que leur enfant comprenne là où il était, qu'ils ne l'oubliaient pas.

Ensuite, ils se dirigèrent vers la maison où Fanny n'avait plus remis les pieds depuis leur premier week-end. En effet, Gabriele avait refusé de la laisser y entrer, tant que les travaux de rénovation ne seraient pas achevés. C'était maintenant chose faite. Pour franchir le seuil de la villa, il la porta dans ses bras, provoquant des rires et des cris faussement indignés de son épouse.

Il lui montra toutes les pièces. La décoration ravissait la jeune femme, qui constata avec bonheur que chacune de ses suggestions avait été prise en compte. L'ensemble était harmonieux, chaleureux, composé d'un savant mélange de modernité et de rusticité.

Ils achevèrent leur visite par le salon. En y pénétrant, Fanny poussa un gémissement étranglé en voyant la fresque qui ornait le mur face à elle. Il s'agissait plus précisément d'une immense toile qui recouvrait tout le pan, et qui avait été réalisée d'après une photographie. Cette image, elle la connaissait par cœur. C'était l'instantané qui avait été pris par Gianni à la maternité.

Il représentait Fanny tenant Léo dans ses bras. Elle avait été étonnée de ne pas avoir vu ce cliché sur les murs du salon du nouvel appartement de son mari à Milan. Mais celui-ci étant d'une qualité relativement médiocre, elle ne s'en était pas formalisée.

Pourtant là, sur la toile, c'était bien elle et leur fils qui figuraient. La seule différence par rapport à l'original, était qu'il y avait une troisième personne qui y était peinte. Il s'agissait de Gabriele, qui enlaçait tendrement sa femme, admirant tout comme elle, leur enfant. L'ensemble dégageait une impression de sérénité et de bonheur. C'était exactement ce qu'elle aurait souhaité pour Léo, mais malheureusement le destin en avait décidé autrement.

Gabriele la prit par les épaules et se pencha vers elle.

— C'est mon cadeau de mariage. Je désirais que tout soit prêt pour aujourd'hui. J'espère que cela te fait plaisir, murmura-t-il d'une voix anxieuse en voyant à quel point elle était bouleversée.

— Oh oui, mon amour ! Tu ne sais pas à quel point je suis émue. C'est merveilleux. L'image exacte du bonheur telle que je l'aurais voulue quand Léo est né.

— Il n'y avait aucune photographie de nous trois, alors j'ai imaginé ce tableau.

— C'est formidable, souffla-t-elle en se cachant le visage dans son cou puissant. Moi aussi j'ai un cadeau pour toi.

— Ah oui ? Et où est-il ? demanda-t-il, surpris.

Fanny lui prit la main et la posa sur son ventre.

— Il est ici. Je suis enceinte et nous serons à nouveau parents dans moins de huit mois. J'ai conscience que nous n'avions jamais abordé la question, et j'espère que cela ne te dérangera pas, ajouta-t-elle, ne sachant pas comment interpréter le silence de son mari.

— Mon Dieu Fanny ! Comment peux-tu penser que je puisse être contrarié quand je suis, en cet instant, l'homme le plus heureux du monde. Tu es la femme de ma vie, et bientôt tu seras la mère de mon enfant. Je t'aime, je t'aime tellement, chuchota-t-il en la serrant contre lui à l'étouffer.

— Moi aussi je t'aime, Gabriele. Je t'aime plus que tout, je t'ai toujours aimé et je sais maintenant que plus rien ne pourra jamais nous séparer.

Gabriele sourit, les yeux emplis de larmes, puis sans un mot, il souleva Fanny dans ses bras, et l'emmena dans leur chambre où il avait la ferme intention de lui montrer à quel point il était fou d'elle. Il songea, en montant à l'étage, qu'il n'aurait jamais assez du reste de sa vie pour le lui prouver.

ÉPILOGUE

Gabriele ouvrit précautionneusement la porte de la chambre où sa femme avait été hospitalisée la veille. À ses côtes, sa fille Emma, âgée de trois ans, trépignait d'impatience à l'idée de rencontrer enfin ce frère qu'elle désirait depuis si longtemps.

Le petit Vincenzo était né la nuit précédente avec quelques jours d'avance. Emma, qui séjournait chez ses grands-parents à Lugano, en avait été avertie dès ce matin à son réveil. Yolanda et Maurizio l'avaient ensuite déposée à la clinique où son père les attendait près de la pouponnière.

Il observa la fillette avec une fierté toute paternelle. Elle lui ressemblait beaucoup avec ses longs cheveux bruns bouclés et ses yeux d'ambre. Tout portait à croire que le bébé suivrait le même chemin, à voir l'épais duvet sombre qui recouvrait son crâne.

Lorsqu'elle aperçut sa mère, Emma se précipita pour l'embrasser.

— Maman, maman ! Bisous, bisous…

— Oui ma chérie. Viens ici, me faire un gros câlin, s'exclama Fanny en éclatant de rire. À ses côtés, le nouveau-né sommeillait paisiblement dans son berceau.

— C'est ça mon petit frère ? demanda l'enfant en ouvrant de grands yeux. Mais il est tout rouge !

— C'est normal, poussin, il vient juste de naître. Laisse-lui quelques jours, et tu verras, il sera très beau.

— Mais quand est-ce qu'il va arrêter de dormir ? J'aimerais m'amuser avec lui moi !

— Emma, intervint Gabriele en souriant. Les bébés ne jouent pas. Mais il grandira très vite, et alors vous pourrez faire toutes sortes de bêtises ensemble.

— D'accord, acquiesça sa fille, qui comme toutes les femmes vouait une admiration sans bornes à son père et n'aurait jamais voulu le contrarier.

Puis elle descendit du lit pour s'approcher de la coque transparente dans laquelle le nouveau-né reposait. Pendant ce temps, Gabriele s'installa près de son épouse et l'embrassa avec ferveur.

— Je n'ai pas eu le temps de te remercier pour ce merveilleux cadeau que tu viens de me faire, murmura-t-il en la serrant tendrement dans ses bras. Fanny, tu es toute ma vie. Je t'aime tellement !

— Moi aussi, je t'aime. Chaque jour un peu plus fort. Et je te remercie à mon tour de la patience dont tu as fait preuve durant la nuit. J'admets que je n'ai pas été très facile avec toi.

Gabriele éclata de rire en serrant sa femme contre lui. Pas facile était un euphémisme. En effet, Fanny, que les contractions avaient fortement éprouvée, et pour qui la péridurale s'était avérée impossible tant le travail progressait rapidement, avait régulièrement maudit son mari lui certifiant d'un air mauvais que plus jamais il ne l'y reprendrait. Bien entendu, elle n'en pensait pas un mot, et il le savait.

Depuis un peu plus de quatre ans, ils étaient tout l'un pour l'autre, et il avait bien l'intention de faire en sorte que les choses ne changent jamais. La naissance d'Emma lui était apparue comme un véritable miracle et il s'était impliqué dans cette grossesse avec passion. Il ne l'avait pas fait lorsqu'elle était enceinte de Léo et l'avait toujours regretté.

Lors de l'accouchement, il avait été présent, soutenant sa femme comme il le pouvait, en lui épongeant le front et en lui tenant la main. Quand il avait vu sa fille pour la première fois, il avait eu un coup de foudre absolu. Il fallait dire qu'elle était particulièrement mignonne, et était rapidement devenue la coqueluche de la maternité. Tout comme lui, faisait souvent remarquer Fanny en riant. En effet, le personnel féminin redoublait d'amabilité dès qu'il se trouvait dans les parages. Pour autant, jamais il n'avait donné à sa femme de motifs d'inquiétude. Il ne regardait qu'elle, ne voyait qu'elle et n'aimait qu'elle.

Après la naissance de leur premier enfant, Fanny avait réduit son activité, n'enseignant plus qu'à l'université. Cela lui avait permis de se consacrer à l'éducation de sa fille, car malgré les protestations de son mari, elle avait refusé l'aide d'une nounou. Elle n'avait pas eu un bébé pour le faire garder par des étrangers, disait-elle. Gabriele avait accepté à la condition que Yolanda – qui s'était proposée spontanément — puisse prendre le relai de temps en temps. Aussi, lorsque Fanny et lui étaient à Nantes, deux jours par semaine, c'était sa belle-mère qui prenait soin d'Emma. Cela permettait aux grands-parents de profiter d'elle et aux parents d'avoir une soirée pour eux.

La venue de Vincenzo remettait tout cela en cause. La jeune femme avait décidé de s'octroyer un congé parental afin de se consacrer pleinement à ses enfants. Depuis qu'Emma était scolarisée, ils avaient préféré s'installer définitivement à Paradiso, estimant que grandir dans un petit village et dans une vaste maison dont le jardin offrait tant de possibilités de jeu, était bien plus épanouissant pour leur fille.

Toutefois, comme elle n'était pas une femme capable de rester cloîtrée chez elle, à faire des confitures toute la journée, Fanny avait proposé de s'occuper de la gestion administrative de la fondation. Celle-ci avait connu une expansion impressionnante en quatre ans, puisque, outre le bureau de Nantes, trois autres antennes avaient été ouvertes à Paris, à Rome et à Milan. Afin de permettre leur fonctionnement, Gabriele avait eu l'idée génialissime de faire appel à des avocats à la retraite, à qui l'inactivité pesait.

Maurizio avait été enchanté d'avoir à nouveau un projet dans lequel s'impliquer, et avait aussitôt rameuté ses anciens confrères. Il gérait actuellement l'antenne de Milan avec un zèle qui ne cessait d'étonner son fils. Gabriele pour sa part s'occupait de toute la partie française, même s'il continuait à exercer deux jours par semaine au cabinet familial. Après tout, il lui fallait bien gagner sa vie.

Jour pour jour, un an plus tard, le petit Nino vint agrandir le foyer. Peu après son retour de la clinique, alors que Fanny était en train d'allaiter le bébé dans le salon de leur maison, Gabriele, debout sur le pas de la porte, l'observa en souriant. Dieu qu'elle était magnifique, songea-t-il avec bonheur. La maternité l'avait épanouie, lui conférant une sérénité qui transcendait sa beauté. Pas un jour, pas une heure, il n'avait regretté son choix. Elle avait apporté tant de gaieté dans sa vie, en lui offrant de si beaux enfants. La jeune femme releva la tête, et sourit à son mari avec confiance. Comme chaque fois qu'ils étaient ensemble dans une pièce, ils avaient le sentiment d'être seuls au monde.

REMERCIEMENTS

Je souhaiterais tous d'abord remercier mon mari Laurent et mes enfants Nicolas, Mathias, Quentin et Maële pour leur patience infinie. Dans cette aventure, vous m'avez toujours soutenue.

Ensuite, j'aimerais adresser un immense merci tout particulier, à Tim Lazzari pour son aide si précieuse. Tu as été présent à chaque fois que j'ai eu besoin de tes lumières et tu n'imagines pas à quel point cela m'a soulagé de savoir que je pouvais faire appel à toi.

Enfin, merci à tous ceux et celles qui ont acheté ce roman permettant ainsi le démarrage de NCL Éditions. Sans vous, rien ne serait possible…

L'AUTEUR

Nathalie CHARLIER est une romancière française spécialisée dans le genre sentimental. Elle vit en Alsace entourée de son mari et de ses quatre enfants.

Son premier roman « Un mensonge pour être aimée » est paru aux Éditions Amorosa en mars 2012. « Prisonniers de leur passé », son deuxième ouvrage est quant à lui paru en juin 2013. « La vengeance de Claire » a suivi en novembre 2013. Et entre-temps, vous avez pu suivre les aventures de Julie et Raphaël dans la série numérique « Apprends-moi ».

En avril 2015, paraît le 1er tome de « Troublante Obsession » qui est aussitôt un succès. L'excellent accueil par les lectrices de cette histoire, écrite en quelques semaines, est aussi extraordinaire qu'inattendu. En juillet, paraît « Histoires de femmes, histoires d'amour », regroupant deux nouvelles plus courtes. Depuis, le tome 2 de « Troublante obsession » est venu s'ajouter à tous les autres ouvrages.

Depuis mai 2015, Nathalie est auteur à temps plein et continue à s'autoéditer très régulièrement pour son plus grand plaisir.

Autres titres du même auteur :

- Prisonniers de leur passé. NCL Éditions, juin 2013 – 2ème édition : janvier 2017
- La vengeance de Claire. NCL Éditions, octobre 2013 – 2ème édition : janvier 2017
- Série APPRENDS-MOI, NCL Éditions, août 2013 à juillet 2014.
- Des apparences trompeuses – NCL Éditions, nov. 2014
- Apprends-moi tome 1 - NCL Éditions, septembre 2014
- Apprends-moi tome 2 - NCL Éditions, décembre 2014
- Troublante obsession tome 1 - NCL Éditions, avril 2015
- Histoires de femmes, histoires d'amour - NCL Éditions, juillet 2015
- Troublante obsession tome 2 - NCL Éditions, octobre 2015
- Troublante obsession tome 3 – NCL Éditions, avril 2016

- Ecstasy – tome 1 – NCL Éditions, janvier 2016.
- Le fantôme de Penvins – 1ère partie – NCL Éditions, mars 2016.
- Ecstasy – tome 2 – NCL Éditions, août 2016.
- Ecstasy – tome 3 – NCL Éditions, octobre 2016

TROUBLANTE OBSESSION
TOME 1

Mon nom est Louis-Joachim NEYRAC et je suis ce qu'on appelle communément un enfoiré de première. Je n'ai aucun sens moral, aucun état d'âme, et tout est bon pour que je parvienne à mes fins. Je me sers de mon physique, des femmes et de l'argent, afin d'assouvir ma quête de pouvoir et ma soif de vengeance. Cette mécanique parfaitement huilée fonctionne parfaitement et c'est grâce à ce mode de fonctionnement que j'ai réussi bien au-delà de mes attentes.

Jusqu'au jour où mon chemin croise celui de Lara. Elle est d'une beauté renversante et d'une candeur désarmante. Sa fraîcheur et sa joie de vivre m'attirent comme peut l'être un papillon par la lumière. Pourtant, rien n'est possible entre nous et je mets très vite un terme à cette relation naissante. Seulement, il m'est impossible de couper court et pour la première fois de ma vie, j'éprouve le besoin viscéral de protéger une femme, même de loin…

TROUBLANTE OBSESSION
TOME 2

Lara m'a quitté et il me semble que ma vie s'est arrêtée ce jour-là. Alors, quand Barbara me contacte, catastrophée parce que sa petite sœur a disparu, je sais qu'il est survenu quelque chose de grave à ma rouquine. Et j'ai, hélas, raison. Un malheur n'arrivant jamais seul, son père est victime d'un infarctus.

Aussi, je me propose de la récupérer à Londres, lorsqu'elle est enfin retrouvée. Mais la revoir est un véritable choc. Elle n'est plus que l'ombre d'elle-même, suite à une violente agression. Et surtout, elle a terriblement besoin de moi. Même si je ne l'avouerai jamais, j'adore qu'elle soit si dépendante, en bon maniaque du contrôle que je suis…

LA VENGEANCE DE CLAIRE

Comment réagir lorsque le destin vous met en présence de votre premier amour ? Celui qui vous a tant fait souffrir ? On dit que la vengeance est un plat qui se mange froid, et Claire Gauthier a très envie de tester cet adage. Alors, elle ourdit un plan diabolique, visant à blesser cet homme comme elle l'a été lorsqu'il l'a abandonnée.

Mais cette machination n'est-elle pas risquée ? Saura-t-elle se préserver, alors qu'il l'attire toujours autant ? Toutefois, les apparences peuvent être trompeuses et Claire ne va pas tarder à le découvrir. De plus, elle devra agir avec prudence, car il est impératif qu'il ne découvre jamais son secret…

Dépôt légal : mai 2013 – janvier 2017

NCL Éditions - 5, Rue des Dahlias - 67310 WASSELONNE

Photographie de couverture :
Alena Root — *123 photo*

Création de couverture :
Nathalie CHARLIER-LOWE

Imprimé en France par :
Createspace

Pour le compte de NCL Éditions